Klarant Verlag

AF238450

Dörte Jensen ist an der Küste aufgewachsen und liebt die unendliche Weite Ostfrieslands. Der raue Charme der Landschaft, die Sprache und die direkte Art der Norddeutschen haben es ihr angetan. Viele ihrer Ideen kommen der Autorin durch die Begegnungen mit den Menschen an der Küste. In ihrem Haus hinterm Deich findet Dörte Jensen die Ruhe und Inspiration, um ihre spannenden Romane und Krimis entstehen zu lassen. Mit ihren Geschichten möchte die Schriftstellerin ihre Leser mitreißen und zugleich immer auch einladen zu einem literarischen Besuch Ostfrieslands und der ostfriesischen Inseln.

Dörte Jensen

Blutiger Verrat
Ein Fall für Joost Kramer

Ostfrieslandkrimi

Klarant Verlag

Rosenliebe

Oldenburg, Oktober

»Hast du schon eine Nachricht von der Agentur bekommen?« Celine strich sich eine Strähne ihres langen blonden Haares aus dem Gesicht und sah ihre Freundin erwartungsvoll an.

»Noch nicht. Im Gegensatz zu dir rechne ich auch nicht mit einer Hauptrolle in der neuen Fernsehserie ›Rosenliebe‹. Damit wirst du sicher berühmt werden«, antwortete Emily kopfschüttelnd. In Gegenwart der hübschen Arzttochter wurde ihr wieder einmal bewusst, dass sie neben der Achtzehnjährigen immer nur eine Krähe sein würde, die sich in einem Schönheitswettbewerb mit einem Papagei messen wollte.

»Noch habe ich sie nicht. Außerdem werden wir bei deinem Talent sicherlich bald gemeinsam vor der Kamera stehen. Wäre es nicht toll, wenn wir bei den Filmfestspielen in Cannes von den Fans begeistert empfangen werden und es hinter den Kulissen mit Schampus und knackigen Kerlen so richtig krachen lassen?« Celine klatschte begeistert in die Hände, als wollte sie sich selbst applaudieren.

»Dagegen hätte ich nichts einzuwenden. Leider wird es immer nur ein Traum bleiben.« Emily senkte den Kopf.

»Du musst positiver denken«, ermahnte sie Celine. »Mit deiner hellen Haut und den Sommersprossen hast du eines der Gesichter, nach denen die Agenturen neuerdings suchen. Immerhin hast du dich im Casting gegen mehr als siebenhundert Bewerberinnen durchgesetzt! Neben drei weiteren Kandidaten sind nur noch wir in der Endrunde.«

Emily seufzte. »Ich möchte mir keine falschen Hoffnungen machen. Du bewegst dich viel eleganter als ich. Neben dir fühle ich mich immer wie ein Trampeltier.«

»Das ist Blödsinn!«, entgegnete Celine energisch. »Schau doch mal in den Spiegel. Die gestreifte Bluse steht dir super. Dazu solltest du allerdings eine andere Hose tragen. Wo hast du den Gürtel eigentlich gekauft? Der ist total stylish.«

»Den habe ich in einem Onlineshop gefunden. Dafür habe ich meine Trinkgeldkasse geplündert.«

Emily betrachtete die Schnalle in Form eines Schmetterlings in dem großen Wandspiegel von Celines Zimmer. In manchen Momenten wollte sie auch so unbeschwert durch ihr Leben flattern können. Aber diese Leichtigkeit war Menschen wie Celine vorbehalten, die von ihrem Vater schon als Kind wie eine Prinzessin behandelt worden war. Emily hingegen jobbte seit zwei Jahren in einem Eiscafé, da ihre Mutter als Hebamme gerade genug verdiente, um irgendwie über die Runden zu kommen.

Celine ging zu ihrem Kleiderschrank, der die ganze Wandbreite des Zimmers einnahm, und öffnete die weißen Holztüren. Mit den Fingern strich sie über die Kleidungsstücke, die sich darin stapelten. Kurz darauf zog sie eine Designerjeans heraus und warf sie Emily zu.

»Die ist mir nicht eng genug, aber dir könnte sie passen.«

Emily zuckte unter den Worten wie unter Stromschlägen zusammen, denn im Gegensatz zu Celines war ihr Körper an einigen Stellen vielleicht etwas *zu* rundlich geworden. Emily zog ihre Hose aus, schlüpfte in die Jeans und zog den Gürtel durch die Schlaufen.

»Die passt perfekt!«, stellte sie nach der Anprobe fest.

»Du kannst sie behalten. Als angehender Filmstar musst du doch passend gekleidet sein.« Celine lächelte wohlwollend.

»Das Geschenk kann ich unmöglich annehmen. Weißt du, wie teuer diese Dinger sind?«

»Ich kenne die Preise.« Celine schüttelte den Kopf, als hätte ihre Freundin eine besonders dämliche Frage gestellt.

»Na gut. Danke. Das ist echt nett von dir.«

Emily drehte sich vor dem Spiegel einmal um die eigene Achse. In der Markenkleidung fühlte sie sich wie Cinderella. Leider hatte sie keinen Schuh, mit dem sie einen Prinzen auf sich aufmerksam machen konnte.

»In der Hose kommt die Gürtelschnalle erst richtig zur Geltung und …« Celine verstummte, als sie der Laptop mit einem *Pling* auf eine neue Nachricht aufmerksam machte. Zeitgleich vibrierte Emilys Smartphone, das sie gerade in die neue Hosentasche gesteckt hatte. Die beiden Freundinnen sahen sich erwartungsvoll an.

»Ist das eine Nachricht von der Agentur?«, wollte Emily wissen.

Ihre Hände zitterten vor Aufregung, als sie das Gerät aus der Hosentasche zog.

Celine ging zum Schreibtisch und starrte gebannt auf den Monitor ihres Laptops. »Ja, ist es! Eine Mail. Wollen wir sie gleichzeitig öffnen?«

Zu ihrer Verwunderung bemerkte Emily eine leichte Unsicherheit in Celines Stimme. Rechnete sie doch nicht mit einem Sieg? Aber wer sollte die Rolle sonst bekommen? Etwa diese eingebildete Schnepfe aus Frankfurt oder das aufgetakelte Modepüppchen aus München? Die fette Kuh aus Düsseldorf hatte ihrer Meinung nach auch keine Chance. »In Ordnung«, bestätigte sie.

»Bist du bereit?« Celine legte die Hand auf die Computermaus.

»Ja«, antwortete Emily, deren Herz nun wie verrückt klopfte.

»Bei drei öffnen wir die Mail. Eins, zwei und … drei!«, zählte Celine, wobei ihre Stimme am Ende leicht hysterisch klang. Die beiden tippten auf die Mail, die sich quälend langsam öffnete, bis Emily plötzlich frustriert schimpfte.

»So ein Mist! Ausgerechnet jetzt macht mein Akku schlapp.« Wütend starrte die Siebzehnjährige auf den schwarzen Bildschirm. »Ich habe kein Aufladekabel dabei und …« Emily verstummte, als sie Celines versteinertes Gesicht sah. Wenige Sekunden später griff sie nach dem Laptop und warf ihn mit einem Aufschrei gegen die Wand. Dort hinterließ das Gerät eine hässliche Schramme, bevor es zu Boden fiel. Dabei krachte es auf eine Ecke. Der Bildschirm wurde dunkel.

Emily sah ihre Freundin entgeistert an. »Hast du die Rolle nicht bekommen?«

»Frag nicht so dämlich!«, giftete sie.

»Wer hat das Casting denn dann gewonnen?«

»Keine Ahnung«, zischte Celine wütend. »Ich weiß nur, dass ich der Siegerin am liebsten den Hals umdrehen würde.«

»Stand der Name denn nicht in der Mail?«

»Deine blöde Fragerei geht mir auf die Nerven. In meiner Nachricht steht nur, dass ich die erste Anwärterin auf die Rolle bin, wenn die Gewinnerin ablehnt oder aus gesundheitlichen Gründen verhindert ist. Aber das wird wahrscheinlich niemals passieren.« Celine verzog das Gesicht zu einer Grimasse, die Emily ängstigte. So wütend hatte sie ihre Freundin noch nie erlebt.

»Ich bin sicher, dass du bald andere Rollen bekommen wirst«, versuchte sie daher zu beschwichtigen. »Ich werde meine Mail leider erst zu Hause öffnen können. Ich rufe dich danach sofort an.«

»Du kannst doch mein Ladekabel benutzen. Irgendwo müsste ich noch so ein Ding für die älteren Modelle haben.« Celine zog eine Schublade auf und wühlte darin herum. »Das hier müsste das richtige sein.« Sie reichte Emily ein dünnes Kabel. Diese verband es mit ihrem Smartphone. Kurz darauf war das Gerät wieder betriebsbereit.

Mit vor Aufregung zitternden Fingern gab sie den Sperrcode ein und klickte erneut auf die Mail. Jetzt schien sich die Nachricht noch langsamer zu öffnen, als wollte sie ihr Geheimnis wie einen wertvollen Schatz bewahren. Dann hatte Emily den Text endlich vor sich. Nachdem sie ihn gelesen hatte, schüttelte sie zunächst den Kopf. Dann liefen Tränen über ihre Wangen, auch wenn sie sich mit aller Kraft dagegen wehrte.

Celine legte ihr beruhigend eine Hand auf den Unterarm. »So eine Absage ist wirklich bitter. Wir waren schon fast am Ziel. Ich würde zu gerne wissen, welche *Bitch* …« Sie spie das Wort aus, als würde es sich dabei um ein ekelhaftes Insekt handeln. »… die Rolle bekommen hat. Ich werde ihr so lange die hässliche Visage zerkratzen, bis sie nur noch in Horrorfilmen spielen kann. Als Leiche.«

»Das kann ich dir sagen«, flüsterte Emily. »Ich verstehe es nur nicht.«

»Was verstehst du nicht?« Celine stemmte die Hände in die Seiten.

»Warum ich als Hauptdarstellerin ausgewählt wurde.«

»*Du?*« Celine dehnte das Wort wie Kaugummi. »Das ist unmöglich!«

Sie riss Emily das Smartphone aus der Hand. Dabei verhakte sich die Steckverbindung des Kabels und es fiel zu Boden. Ein hässlicher Riss zog sich quer über das Display, aber das schien Celine kein bisschen zu interessieren. Ungläubig las sie die Nachricht wieder und wieder, während Emily danebenstand und sich nicht rührte.

»Das kann einfach nicht wahr sein!«, schrie Celine plötzlich wie von Sinnen. »Das war meine Rolle! Keine andere …« Sie verstummte und sah Emily an, als würde sie ihre Anwesenheit erst jetzt bemerken. Sekundenbruchteile später lächelte Celine unbeholfen. »Entschuldige, ich hätte mich nicht so gehen lassen dürfen. Ich freue mich für dich! Komm, lass dich drücken!« Celine nahm sie in den Arm. Zum ersten Mal fühlte sich Emily in ihrer Nähe unwohl, auch wenn sie keine Erklärung dafür hatte. Schließlich konnte sie die Frustration ihrer Freundin gut verstehen.

»Das ist eine Riesensache«, bestätigte Celine wenig später. Emily nickte, da sie noch immer nicht wusste, was sie sagen sollte. Die Schülerin hatte auch keine Ahnung, wie sie ihrer Mutter erklären sollte, dass sie während der Dreharbeiten oft unterwegs sein würde und ihr im Haushalt nicht mehr helfen könnte. Zudem musste sie sich nun Gedanken über das Abitur im nächsten Frühjahr machen. Wann sollte sie dafür lernen?

Emilys Gefühle fuhren Achterbahn. Auf der einen Seite fühlte sie sich Celine gegenüber schuldig, auch wenn es keinen Grund dafür gab. Zum anderen freute sie sich unbändig über die Möglichkeit, ihren Lebenstraum zu verwirklichen.

»Ich bin sicher, dass dir die Agentur bald ein anderes Engagement vermitteln wird«, versuchte sie ihre Freundin zu trösten.

»Ich werde schon bekommen, was mir zusteht!« Celine nickte ihr zu. »Jetzt sollten wir aber feiern. Ich hole schnell eine Flasche Schampus aus dem Keller.«

»Haben deine Eltern denn nichts dagegen?«

»Die werden das wahrscheinlich nicht einmal merken. Außerdem kann ich sie gar nicht fragen, weil sie heute Morgen für ein verlängertes Wochenende nach Rom geflogen sind. Sie wollen sich Ruinen und anderen historischen Kram ansehen.«

»Aber ich muss gleich nach Hause«, wandte Emily ein. »Meine Mutter hat heute Spätschicht. Bis zu ihrem Feierabend wollte ich mich noch um die Wäsche kümmern, und ich möchte ihr zur Feier des Tages ein ganz besonderes Abendessen kochen.«

»Wie uncool ist das denn?« Celine schüttelte entrüstet den Kopf. »Ich weiß gar nicht mehr, wann ich zum letzten Mal mit meinen Eltern zu Abend gegessen habe.«

»Wir feiern ein anderes Mal. Versprochen.«

»Wie du willst.«

Emilie umarmte Celine zum Abschied. Dann ging sie in Begleitung ihrer Freundin über die Holztreppe in den großzügigen Eingangsbereich des restaurierten Resthofes, der außerhalb der Stadtgrenze lag. Sie zog ihre Jacke an, schlüpfte in die Schuhe und öffnete die Haustür. An diesem wolkenverhangenen Oktobertag war es am frühen Abend bereits dunkel. Zu allem Überfluss begann es nun auch noch zu regnen. Emily setzte die Kapuze auf und trat aus der Tür.

»Toll. Bis zur Bushaltestelle bin ich bestimmt triefend nass und durchgefroren.«

»Auf dem Weg kannst du dir warme Gedanken machen, schließlich stehst du nun auf der Sonnenseite des Lebens.« Celine winkte ihr zum Abschied zu und schloss die Tür.

Emily ging über die geschwungene Einfahrt zur Straße. Das Schmuddelwetter störte sie bei dem Fußmarsch nicht. Im Gegenteil. Emily breitete die Arme aus und legte den Kopf in den Nacken. Dann drehte sie sich im Kreis und lachte wie schon lange nicht mehr.

Der Fahrer des Wagens, der ihr entgegenkam, hielt sie sicherlich für verrückt. Aber das war Emily egal. Ausgelassen tanzte sie im Regen, bis ein Auto hinter ihr hupte. Erschrocken kehrte Emily auf den Gehweg direkt neben der Straße zurück. In ihrem Übermut hatte sie nicht einmal bemerkt, dass sie auf die Fahrbahn getreten war. Sie durfte nicht so leichtsinnig sein. Auf der schmalen Landstraße war es in der Vergangenheit immer wieder zu Unfällen gekommen.

Als sie kurz darauf den Motor eines weiteren Fahrzeugs hinter sich hörte, achtete sie deshalb darauf, den unkrautüberwucherten Weg nicht zu verlassen. Doch zu ihrer Verwunderung verringerte der Wagen sein Tempo und blieb hinter ihr. Vielleicht suchte er nach einer Parkmöglichkeit.

Aber … bis zur Bushaltestelle gab es nur Äcker und Felder.

Möglicherweise gab der Fahrer etwas in sein Navi ein oder telefonierte mit seinem Handy. Auch wenn es viele Gründe geben konnte, warum das Fahrzeug hinter ihr blieb, ging Emily etwas schneller. Mit jedem Schritt wich die Freude weiter einem unbehaglichen Gefühl. Sie steckte die Hände in die Taschen, senkte den Kopf und beschleunigte ihre Schritte weiter. Obwohl es bis zur Bushaltestelle nur noch wenige hundert Meter waren, schien diese plötzlich unendlich weit entfernt zu sein. Sie schloss die Finger um das Smartphone in der Jackentasche. Einen Augenblick überlegte sie, damit Hilfe zu rufen. Aber selbst wenn der kaum aufgeladene Akku lange genug durchhielt, würde sie sich mit einem Anruf bei der Polizei nur lächerlich machen. Was sollte sie schon sagen?

Hinter mir fährt ein Wagen. Können Sie schnell kommen? Ich habe Angst.

Emily zwang sich zur Ruhe. Es gab mit Sicherheit eine harmlose Erklärung für das Verhalten des Fahrers. Aber … wenn nicht?

Das tuckernde Geräusch des Motors erinnerte Emily an den Film *Christine*, den sie vor einigen Wochen im Fernsehen gesehen hatte. Dort ging es um ein selbstfahrendes Auto, das Menschen tötete. Nach dem Abspann hatte sie den Kopf über die unrealistische Schauergeschichte geschüttelt. Trotzdem warf sie jetzt einen Blick über die Schulter.

Das Licht der Scheinwerfer brach sich in den immer dichter fallenden Regentropfen, sodass Emily in eine gleißend helle Wand sah. Das Motorengeräusch vermischte sich mit dem Prasseln des Regens zu der Kakofonie, die ihr eine Gänsehaut über den Rücken laufen ließ. Plötzlich schoss der Wagen vorwärts wie ein hungriges Raubtier.

Für einen Moment war Emily wie gelähmt. In letzter Sekunde versuchte sie, sich mit einem Sprung in Sicherheit zu bringen. Aber sie war nicht schnell genug.

Der Wagen erfasste sie frontal. Ihr Körper drehte sich in der Luft, als würde Emily in einem Zirkus Kunststücke vorführen. Dann krachte sie auf die Straße.

Das Fahrzeug bremste. Die Rücklichter starrten sie an wie die Augen eines Dämons. Zu ihrer Verwunderung spürte Emily keinen Schmerz. Auf dem nassen Asphalt liegend wartete sie darauf, dass jemand ausstieg und ihr half. Stattdessen fuhr der Wagen einfach weiter. Mit einem verzweifelten Schrei auf den Lippen kippte sie Sekundenbruchteile später in eine abgrundtiefe Dunkelheit.

Oldenburg, Oktober

»Melanie, ein Anruf für dich.«

Die Hebamme sah ihre Kollegin auf dem Flur der Oldenburger Klinik St. Marienstift fragend an. »Annette, ist es wichtig?«, fragte sie gestresst. »Ich habe gleich eine Geburt. Die zukünftige Mutter wartet schon auf mich.«

»Ich werde das für dich übernehmen.«

»Warum das denn?« Die Fünfundvierzigjährige runzelte die Stirn.

»Es ist … wegen deiner Tochter.« Die Krankenschwester mit den kurzen schwarzen Haaren sah verlegen zu Boden.

»Ist etwas passiert? Los, sag schon.«

»Es tut mir leid«, murmelte sie kaum hörbar.

Melanie drehte sich um und eilte zum Schwesternzimmer. Dort war niemand. Der mobile Telefonhörer lag neben der Basisstation. Sie griff so vorsichtig danach, als wäre er eine heiße Kohle, an der sie sich die Finger verbrennen konnte.

»Schwester Melanie.«

»Spreche ich mit Frau Rohde, der Mutter von Emily Rohde?«

Die Hebamme nickte. Als sie bemerkte, dass diese Geste am Telefon vollkommen sinnlos war, antwortete sie kaum hörbar: »Was ist mit meiner Tochter?«

»Sie hatte einen Unfall.«

»Ist sie …« Melanie verstummte.

»Sie wird gerade operiert.«

»Hier im Marienstift?«

»Ja. Die Notärzte …«

»Ich bin sofort da«, unterbrach sie den Anrufer und beendete das Telefonat. Dann lief sie so schnell durch die Gänge, dass ihre Füße den Boden nicht einmal zu berühren schienen.

»Wo ist Emily?«, wollte sie von einem Pfleger wissen, der ihr auf dem Flur der Notaufnahme entgegenkam. Er sah sie verwirrt an.

»Wen meinen Sie?«

Melanie zwang sich zur Ruhe. Die Klinik war so groß, dass die Mitarbeiter der einzelnen Stationen kaum Kontakt miteinander hatten und sich daher oft nicht kannten.

»Emily Rohde«, antwortete sie atemlos. »Sie hatte einen Unfall. Mehr weiß ich nicht.«

»Den Namen habe ich nie gehört und …«

»Frau Rohde!«, unterbrach sie eine bekannte Stimme. Emilys Mutter sah sich um.

»Celine, was machst du denn hier?«

Die Freundin ihrer Tochter kam auf sie zu. Ihre Augen waren gerötet. »Der Unfall geschah in der Nähe unseres Hauses. Emily war gerade gegangen, da habe ich die Sirenen gehört. Ich habe sie gleich angerufen, aber … sie ging nicht an ihr Handy. Ich bin rausgelaufen und dann habe ich … habe ich …« Ihre Lippen bebten. Sie wischte sich mit den Handrücken über die Augen. »… sie gesehen. Auf der Straße. Sie lag da … wie eine … kaputte Puppe.« Celine schlug die Hände vor das Gesicht. »Ich wollte … zu ihr«, schluchzte sie. »Aber die Polizisten haben mich … zurückgedrängt. Ist sie … *tot*?« Das letzte Wort war kaum mehr als ein Flüstern. Bei der Frage sah sie Melanie angsterfüllt an.

Das Herz schlug ihr zum Hals, als sie sich zur Ruhe zwang. »Sie wird gerade operiert. Hast du gesehen, was passiert ist?«

Celine schüttelte den Kopf. »Sie hatte anscheinend einen Autounfall. Einen Wagen habe ich nicht gesehen. Der Fahrer ist wahrscheinlich einfach abgehauen.« Erneut wischte sie sich über die Augen.

»Wer hat denn den Notruf alarmiert?«

»Ein junger Mann. Er hat Emily auf der Straße liegen sehen. Als ich gekommen bin, hat er gerade mit einem Polizisten geredet. Ich mache mir schreckliche Vorwürfe. Sie hätte bei dem Wetter bei mir bleiben müssen.«

»Der Regen hat Emily noch nie etwas ausgemacht«, murmelte die Hebamme. »Im Gegenteil. Als Kind hat sie oft darin getanzt. Ich muss unbedingt wissen, was mit ihr geschehen ist.«

»Darf ich hierbleiben?«

»Hier kannst du nichts für sie tun. Ich rufe dich an, sobald ich etwas weiß.«

»Ich möchte bei Emily sein. Bitte.« Celine sah die Mutter ihrer Freundin flehentlich an.

»Wie du willst. Setz dich da hin.« Melanie deutete auf drei verschrammte Plastikstühle, die an der Wand standen. »Ich komme später wieder.«

Während sich Celine setzte, ging Melanie zum Schwesternzimmer. Dort sortierte eine Kollegin, die sie im letzten Jahr auf einer Fortbildung gesehen hatte, Medikamentenpackungen.

»Hallo. Mein Name ist Melanie Rohde. Haben Sie mich angerufen?«

Die ältere Frau nickte. »Das habe ich, aber Ihre Tochter ist noch im OP. Ich werde Sie benachrichtigen, sobald wir neue Informationen haben.«

»Gut. Dann werde ich so lange hier warten.«

Drei Stunden später saß die Hebamme in sich zusammengesunken auf einer der unbequemen Sitzgelegenheiten. Sie hatte Celine versprochen, sich sofort zu melden, wenn es etwas Neues gab, also war die Freundin ihrer Tochter vor wenigen Augenblicken nach Hause gegangen. Die Zeit wollte einfach nicht vergehen, als hätte sie sich in Sirup verwandelt. Melanie starrte auf die gegenüberliegende Wand, ohne etwas zu sehen. Alles kreiste um einen einzigen Gedanken wie die Planeten um die Sonne.

Wird Emily überleben?

Melanie war so sehr in ihrer eigenen Welt gefangen, dass sie erst aufsah, als ihr jemand eine Hand auf die Schulter legte.

»Frau Rohde?« Ein übernächtigt aussehender Arzt blickte sie sorgenvoll an.

Sie nickte schwach. »Was ist mit meiner Tochter?«

»Ich bin Dr. Medner«, stellte er sich vor. »Kommen Sie bitte in mein Sprechzimmer. Dort können wir ungestört reden.«

Bei der Antwort schien sich ein unsichtbares Gewicht auf ihre Schultern zu legen, unter dem sie eines Tages unweigerlich zusammenbrechen würde. Sie kannte die unausgesprochene Botschaft der Worte »Dort können wir ungestört reden« nur zu gut. Der Mediziner wollte sie auf eine schlimme Nachricht vorbereiten. Wie ferngesteuert folgte sie ihm durch den Gang des Krankenhauses, der mehr als jemals zuvor nach Tod und Verzweiflung stank. Wenig später öffnete er eine Tür und bat sie hinein. »Setzen Sie sich.«

Melanie sank auf den Stuhl gegenüber dem mit Papieren übersäten Schreibtisch. Dr. Medner nahm ihr gegenüber Platz und sah sie ernst an.

»Die gute Nachricht zuerst: Ich denke, dass sie es schaffen wird. Emily ist eine echte Kämpferin. Aber ihr Leben wird nie wieder wie vorher sein.«

»Ist sie … gelähmt?«

»Das hatten wir zunächst befürchtet, aber glücklicherweise ist das nicht der Fall. Wegen der Schwere ihrer Verletzungen mussten wir allerdings das linke Bein amputieren. Außerdem ist der Oberschenkelknochen des rechten Beins gebrochen, deshalb wird es eine Weile dauern, bis sie damit wieder auftreten kann. Nach ihrer Entlassung wird sie einige Zeit im Rollstuhl sitzen. Wenn das rechte Bein wieder belastbar ist, muss sie sicherlich einige Wochen in einer Rehabilitationseinrichtung verbringen.«

»Wird Emily jemals wieder richtig laufen können?«

»Das kommt auf die Prothese an. Es gibt inzwischen künstliche High-Tech-Gliedmaßen, die sich mit unglaublicher Präzision bewegen.«

Melanie nickte kaum merklich. »Kann ich Emily sehen?«

»Aber nur für einen Moment.«

Dr. Medner begleitete sie bis zum Zimmer der Intensivstation. Melanie trat ein und schloss die Tür hinter sich. Mit leisen Schritten ging sie zum Bett. Dabei versuchte sie die Schläuche zu ignorieren, die im Körper ihrer Tochter steckten.

Emilys linker Arm war mit Mullbinden umwickelt. Wahrscheinlich hatte sie sich beim Sturz Hautabschürfungen zugezogen. Ein Auge war zugeschwollen. Langsam ließ sie ihren Blick zum unteren Teil des Bettes wandern. Das rechte Bein steckte in einem Streckgips. Das linke … fehlte. Die Bettdecke lag direkt auf dem Laken.

Melanie beugte sich über ihre Tochter. Zärtlich strich sie ihr eine Haarsträhne aus dem Gesicht, auch wenn sie diese durch den Tränenschleier nur verschwommen sah. Sie kannte die medizinische Versorgung gut genug, um zu wissen, dass Emily mit herkömmlichen Behandlungsmethoden und gewöhnlichen Prothesen immer auf Krücken angewiesen sein würde. Diese Nacht würde nicht nur Narben auf dem Körper, sondern auch auf ihrer Seele hinterlassen. Ihre Ersparnisse reichten nicht einmal für die notwendigsten Hilfsmittel, die Emily im Laufe der nächsten Jahre sicher brauchen würde.

Melanie beugte sich über ihre Tochter und flüsterte ihr etwas ins Ohr. Dann wischte sie sich die Tränen aus den Augen und verließ das Zimmer.

Oldenburg, November

»Dieser Fall macht mich echt fertig!« Joost Kramer knallte die Eingangstür hinter sich zu und warf die Schlüssel in die Schale auf der Kommode im Flur seiner Wohnung.

Seine Lebensgefährtin Ricarda kam aus der Küche. »Meinst du die Messerstecherei am Lappan?«

Der Kommissar schüttelte den Kopf. »Erinnerst du dich an den Autounfall mit der jungen Frau vor drei Wochen?«

»Darüber wurde doch ausführlich in der Nordwest-Zeitung berichtet. Hat der Fahrer das Mädchen nicht einfach auf der Straße liegen lassen?«

»Das ist richtig.« Joost schlüpfte aus seinen Schuhen und kickte sie in eine Ecke. Dann hängte er die Jacke an die Garderobe und folgte Ricarda in die Küche. Dort nahm er zwei Bier aus dem Kühlschrank, öffnete sie und reichte ihr eine Flasche.

»Wir haben alle Autowerkstätten im Oldenburger Land benachrichtigt und die Kollegen in Ostfriesland informiert.« Er trank einen Schluck. »Die Inhaber werden uns hoffentlich sofort anrufen, wenn ein verdächtiges Fahrzeug zur Reparatur gebracht wird. Wir gehen davon aus, dass der Aufprall kleine Beulen oder zumindest Kratzer hinterlassen hat. Sollte der Fahrer aber nicht aus der Gegend kommen, werden wir den Fall möglicherweise niemals aufklären.«

»Wie weit seid ihr denn mit euren Ermittlungen?«

Der Polizist stellte die Bierflasche auf den Tisch. »Wir stehen noch ganz am Anfang. Ihre beste Freundin Celine ist untröstlich. Seit dem Unfall sitzt sie täglich an ihrem Krankenbett. Emilys Mutter ist vollkommen verzweifelt, denn ihre Tochter kann sich nicht an den Unfall erinnern. Nur der Name Olga kommt ihr wohl immer wieder in den Kopf.«

»Olga?« Ricarda trank einen großen Schluck. »Dann müsst ihr diese Person doch nur finden.«

»Danke für den Tipp«, bemerkte Joost sarkastisch. »Du solltest dich bei der Polizei bewerben.«

»So war das doch nicht gemeint.« Ricarda ergriff seine Hand.

»Das weiß ich«, lenkte er ein. »Nach Auskunft der Mediziner ist eine temporäre Amnesie nach einem so traumatischen Ereignis nichts Ungewöhnliches. Wir haben das persönliche Umfeld des Unfallopfers bereits gründlich unter die Lupe genommen, aber dort gibt es niemanden mit diesem Namen. In den sozialen Netzwerken haben wir fünf virtuelle Freundinnen und Follower entdeckt, die sich dort als Olga ausgeben. Keine von ihnen wohnt in der Gegend. Zwei leben sogar im Ausland. Wir werden sie noch kontaktieren, auch wenn ich nicht davon ausgehe, dass sie etwas mit dem Unfall zu tun haben. Wusstest du eigentlich, dass Emily am Tag des Unglücks die Zusage für die Hauptrolle in einer Fernsehserie bekommen hat? Statt einer verheißungsvollen Zukunft hat sie nun eine qualvolle Existenz als Krüppel vor sich.«

Ricarda runzelte die Stirn. »So darfst du nicht denken. Es gibt auch ein Leben …«

»Leben? Was ist das denn für ein Leben?«, unterbrach der Kommissar Ricarda aufgebracht. »Sie kann nicht einmal mehr richtig laufen. Der Gedanke, dass wir den Mistkerl niemals fassen werden, macht mich unglaublich wütend.«

»Ich bin sicher, dass du diese geheimnisvolle Olga finden wirst. War sie vielleicht die Fahrerin?«

»Das weiß ich doch nicht! Sie wird nach dem Unfall kaum ausgestiegen sein und sich vorgestellt haben: *Hallo, ich bin die Olga und habe dich gerade überfahren.*«

»Das habe ich auch nicht gemeint. Vielleicht hatte sie ein Schild an der Jacke oder eine Kette mit den Buchstaben ihres Namens als Anhänger. Das wäre doch möglich.«

Joost seufzte. »Auf die Idee mit dem Schild sind wir auch schon gekommen. Momentan untersuchen wir bei allen Frauen im Umkreis, ob sie beruflich ein Schild oder ein Kleidungsstück mit aufgedrucktem Namen *Olga* tragen. Das wird sicherlich eine Weile dauern und wahrscheinlich zu nichts führen. «

»Wie ich dich kenne, wirst du trotzdem nicht aufgeben.«
Ricarda nickte Joost aufmunternd zu.

»Ganz sicher nicht«, versprach er.

Rabenmutter

Oldenburg, Dezember

Niemand beachtete die unscheinbare Frau in der zu großen Jacke, die ihr Gesicht unter der Kapuze verborgen hatte. In der Adventszeit drängten sich die Menschen wie Motten zum Licht. Sie standen an den Glühweinbuden oder bummelten durch die Geschäfte der mit Lichtgirlanden erleuchteten Innenstadt. In einer Gesellschaft, in der nur der glitzernde Schein zählte, nahm niemand Notiz von den Ausgestoßenen in der Dunkelheit. Inzwischen hatte sie gelernt, sich wie ein Schatten zu bewegen. Auch jetzt würde sie keiner bemerken.

In den letzten beiden Tagen hatte sie das Haus der Familie Lindau beobachtet, in dem die Eltern Kirsten und Georg mit dem zwölf Monate alten Sohn Max lebten. In Büchern und Filmen hatten die Verbrecher oft viel Zeit zum Auskundschaften ihrer Opfer und zur Vorbereitung eines Plans. Diesen Luxus konnte sie sich nicht leisten. Natürlich war damit auch ein größeres Risiko verbunden, aber damit musste sie leben. Schließlich diente alles einem höheren Zweck.

Der Vater hatte sich an diesem Vormittag von seiner Frau und dem kleinen Sohn verabschiedet, nachdem er einen Rollkoffer im Wagen verstaut hatte. Wahrscheinlich machte er eine Geschäftsreise. Als Kirsten am späten Vormittag mit dem Kleinen einen Spaziergang machte, folgte sie ihr in sicherem Abstand.

Am frühen Abend stand sie hinter der Hecke, die das Grundstück zur Straße hin begrenzte. Von dort aus konnte sie durch das Fenster in die hell erleuchtete Küche sehen, in der die Mutter gerade ihr Kind fütterte, während sie gleichzeitig mit dem Handy telefonierte. Zu ihrer Verwunderung ging Kirsten mit dem Kleinen nach der Mahlzeit nicht in den ersten Stock, in dem die Kapuzenfrau das Kinderzimmer vermutete. Stattdessen zog sie Max eine Jacke und Schuhe an. Wenige Minuten später trat sie aus dem Haus, ihren Sohn in einem Buggy vor sich herschiebend.

In der Dunkelheit folgte sie ihnen unbemerkt bis zum Oldenburger Weihnachtsmarkt. An einem Stand mit Feuerzangenbowle umarmte Kirsten drei andere Frauen, die bereits einen Becher mit dem süffigen Getränk in den Händen hielten. Nach der freundschaftlichen Begrüßung beugte sie sich über Max, flüsterte ihm etwas ins Ohr und drückte ihm einen Keks in die Hand. Dann ging sie zum Getränkeausschank, um den sich eine dichte Menschentraube gebildet hatte. Der Kleine sah ihr mit großen Augen nach. Die Freundinnen kümmerten sich nicht um ihn, denn sie flirteten gerade mit zwei jüngeren Kerlen, die mit blinkenden Nikolausmützen auf sich aufmerksam machten.

Was für eine Rabenmutter!

Die unscheinbare Frau in der zu großen Jacke verachtete Mütter, die sich nicht um ihren Nachwuchs kümmerten. Wusste Kirsten denn nicht, dass sie mit Max das größte Geschenk des Lebens bekommen hatte? Ein Kind war doch kein Gebrauchsgegenstand, mit dem man sich eine Weile beschäftigen konnte, um ihn dann achtlos in eine Ecke zu stellen! Aber das würde Kirsten schon noch lernen.

Es wurde Zeit, ihr eine Lektion zu erteilen.

Sie senkte den Kopf und ging auf den Buggy zu, der neben den Frauen stand, die aber weiterhin keinen Blick für den Kleinen hatten. Sie redeten und lachten, als wäre das Leben eine einzige Party.

Aber das war es nicht.

Niemand wusste das besser als sie.

Nun durfte sie keinesfalls zögern. Mit diesem Fehler hatte sie beim ersten Mal eine tagelange Vorbereitung zunichtegemacht. Entschlossen legte sie die behandschuhten Hände um die Griffe des Buggys und schob ihn weiter. Wenige Augenblicke später tauchte sie im Gewühl unter. Das Kind schien zu glauben, dass seine Mutter bei ihm war, denn es mümmelte weiterhin unbeschwert seinen Keks.

Die Kapuzenfrau eilte Richtung Schloss. Je weiter sie sich vom Weihnachtsmarkt entfernte, desto weniger Menschen begegneten ihr. Der Kleine hatte seinen Keks inzwischen aufgegessen und brabbelte vor sich hin. In der Elisabethstraße drehte er sich plötzlich zu ihr um. Einen Moment lang sah er sie unschlüssig an – dann plärrte er los.

Zum Glück war auf den Straßen des Wohnviertels niemand mehr unterwegs.

Kurz darauf erreichte sie den Küstenkanal. Dort stand ihr Wohnmobil auf einem Parkplatz in der Nähe einer Schleuse. Da dieser von der Straße aus nicht einsehbar war und im Winter kaum jemand seinen Wagen dort abstellte, würde ihr Gefährt niemandem auffallen. Die Kapuzenfrau nahm den weinenden Jungen aus dem Buggy, öffnete die Tür und trug ihn hinein. Das Innere war wie ein Kinderzimmer eingerichtet. Über einem Reisebett hing ein Mobile. Lachende Hexen tanzten im kalten Luftzug. Auf dem Boden stand eine Kiste mit Spielzeug, Bilderbücher lagen auf einem kleinen Tisch.

Sie setzte Max in den auf dem Boden stehenden Maxi-Cosi, schnallte ihn darin an und sicherte den Kleinen dann mit dem Gurt auf einem der beiden Rücksitze. Das Geschrei des Kindes störte sie nicht.

Sie startete den Wagen und fuhr auf der Autobahn Richtung Nordseeküste. Eine knappe Stunde später verließ sie diese in der Nähe von Emden und steuerte das Fahrzeug zu einem abgelegenen Bauernhof in Ostfriesland, der schon lange nicht mehr bewirtschaftet wurde. Nachdem sie das Wohnmobil in der leeren Scheune abgestellt hatte, erwärmte sie ein Glas Fertignahrung für Kleinkinder und fütterte Max. Während der Mahlzeit redete sie beruhigend auf ihn ein. Er schien ihr zu vertrauen, denn zwischen den Löffeln mit Kartoffel-Karotten-Pampe gluckste er fröhlich. Schließlich legte sie ihn frisch gewickelt in das Reisebettchen und sang ihm ein Schlaflied vor. Er hörte ihr aufmerksam zu, während er eifrig am Daumen nuckelte, bis ihm die Augen zufielen. Ohne das schlafende Kind aus den Augen zu lassen, aß die Kapuzenfrau drei Scheiben Knäckebrot. Dann legte sie sich auf die schmale Pritsche neben dem Tisch.

Die SMS mit ihren Forderungen würde sie erst in einigen Stunden verschicken. In der Zeit konnte die Rabenmutter darüber nachdenken, was sie an diesem Tag verloren hatte. Vielleicht für immer.

***

»Jetzt beruhigen Sie sich doch erst einmal!« Joost Kramer war nach der Entführungsmeldung direkt zum Haus der Familie Lindau gefahren. Jetzt stand der Kommissar zusammen mit seinem Kollegen im Wohnzimmer und betrachtete eine am Boden zerstörte Frau, die mit verheultem Gesicht auf der Couch saß.

»Erklären Sie uns bitte so ausführlich wie möglich, was passiert ist«, bat Martin Flerker mit sanfter Stimme.

»Ich … Freundinnen … Weihnachtsmarkt … Max … weg«, schniefte sie und sah die Beamten durch einen Tränenschleier hindurch an.

»Warum haben Sie Ihren Sohn denn zu dem Treffen mitgenommen?«

»Die Babysitterin hatte … kurz vorher … abgesagt. Ich wollte … die Verabredung nicht … platzen lassen …

deshalb habe ich Max … mitgenommen. Plötzlich war er … verschwunden. Wir haben … überall nach ihm gesucht. Er kann doch nicht einfach verschwinden!«

Verzweifelt sah sie die Gesetzeshüter an.

»Wer ist *wir*?«, wollte Joost wissen.

»Unsere alte Clique. Wir kennen uns schon ewig.«

»Wir brauchen Namen und Adressen.«

Nachdem Martin diese aufgeschrieben hatte, wandte er sich erneut an Kirsten. »Könnte Max bei Ihrem Mann sein?«

Einen Moment lang sah sie ihn ungläubig an. Dann schüttelte sie den Kopf. »Das ist unmöglich. Georg ist heute Morgen nach Saudi-Arabien geflogen. Er stellt im Auftrag seiner Firma irgendein High-Tech-Projekt vor. Ich habe ihn schon angerufen. Er nimmt die nächste Maschine. Mit meinem Vater habe ich auch bereits telefoniert.« »Kennen Sie in Ihrem privaten Umfeld jemanden, der Ihnen schaden will?« Joost wusste, dass viele Opfer auf diese Frage zunächst ablehnend reagierten, als würden sie inmitten eines feindlich gesinnten Ozeans auf einer friedlichen Insel leben. Die Mutter schüttelte den Kopf.

»Könnte die Entführung etwas mit den Geschäften Ihres Mannes zu tun haben?«, bohrte Joost weiter.

»Keine Ahnung. Ich weiß nicht einmal genau, woran er arbeitet. Er ist Ingenieur«, fügte sie wie entschuldigend hinzu, während sie das Papiertaschentuch weiter zerfetzte.

»Haben Sie schon eine Lösegeldforderung erhalten?«, wollte Martin wissen.

Kirsten sah sie Polizisten flehentlich an. »Bisher nicht. Versprechen Sie mir, meinen Jungen zurückzubringen?«

»Wir werden alles tun, was in unserer Macht steht.« Der Kommissar wusste, dass die Ermittler in den Fernsehfilmen oft das Blaue vom Himmel versprachen. Die Realität sah leider anders aus, denn manche Fälle wurden nie gelöst.

»Meine Kollegen werden Sie in Kürze mit der technischen

Überwachung unterstützen. Sollte Sie in der Zwischenzeit jemand kontaktieren, setzen Sie sich bitte sofort mit uns in Verbindung und …«

Joost verstummte, als er ein Klacken hörte, mit dem die Haustür geöffnet wurde. Nach einem Blick zu Martin presste er sich an die Wand und spähte in den Flur. Ein alter Mann mit zerzaustem Haar schlurfte zum Wohnzimmer.

»Papa!« Kirsten sprang auf, als sie ihn sah. Er nahm seine Tochter in die Arme.

»Haben Sie den Entführer von Max bereits gefasst?«, fragte er die Polizisten wenig später.

»Wir sind erst am Anfang der Ermittlungen und …«

»Warum stehen Sie dann noch hier rum? Haben Sie nichts zu tun?«, herrschte er sie an.

Joost presste die Lippen zusammen, als wollte er die Worte in sich einsperren. Eine Auseinandersetzung mit dem alten Mann würde niemandem helfen. Statt einer Antwort nickte er seinem Kollegen zu. Wenige Minuten später gingen sie gemeinsam zum Streifenwagen, den sie in der Einfahrt geparkt hatten.

»Wir müssen den Jungen unbedingt finden!« Martin öffnete die Fahrertür. »Wenn meine kleine Tochter entführt worden wäre, würde ich durchdrehen.«

»Das kann ich gut verstehen«, bestätigte Joost und schnallte sich an. »Genau deshalb müssen wir bei dem Fall unbedingt einen kühlen Kopf bewahren.«

»Das ist nicht immer so einfach, wie es sich anhört.« Martin ließ den Motor an. »Aber du hast natürlich recht. Dann wollen wir uns mal an die Arbeit machen.«

***

Kirsten saß nach Mitternacht noch immer wie versteinert auf dem Sofa. Ihr Vater ruhte sich im Gästezimmer aus, da er nach seinem Schlaganfall im September jede Aufregung vermeiden sollte. Sie hatte ihm versprochen, ihn bei einer Neuigkeit sofort zu wecken.

Sie starrte auf die Apparate und Kabel, mit denen ein gerade eingetroffener Techniker ihre Telefonanlage verbinden wollte. Als das Smartphone auf dem Couchtisch vor ihr vibrierte, streckte sie mechanisch die Hand danach aus. Sie erwartete eine Nachricht von ihrem Mann, doch zu ihrer Verwunderung erblickte sie auf dem Display eine unbekannte Telefonnummer.

Einen Moment lang überlegte sie, den Beamten zu informieren, der sich gerade in der Küche einen Kaffee holte. Aber so lange konnte Kirsten unmöglich warten. Sie würde ihm die Mitteilung einfach später zeigen. Mit zitternden Fingern klickte sie darauf.

Bei der nächsten Nachricht überweisen Sie umgehend 200.000 Euro an die dann angegebene Kontonummer. Sollten Sie dieser Aufforderung nicht nachkommen oder die Polizei einschalten, wird Max sterben.

Im Anhang befand sich ein Foto von ihrem schlafenden Sohn. Bei dem Anblick ballte sie in hilfloser Verzweiflung die Hände zu Fäusten. Sie würde alles tun, um ihren Jungen wieder in den Armen zu halten. 200.000 Euro waren ein geradezu lächerlicher Preis für sein Leben. In Filmen und Büchern verlangten die Entführer oft Millionenbeträge.

Mit klopfendem Herzen löschte Kirsten die Mitteilung, auch wenn sie damit gegen die ausdrückliche Anweisung der Ermittler verstieß. Dann nahm sie das Tablet vom Tisch und öffnete den Internetbrowser.

»Haben Sie irgendwo Zucker?« Die Stimme des Technikers riss sie aus ihren Gedanken. Er stand im Türrahmen und sah sie fragend an.

»Im Schrank neben der Spüle.«

»Danke.«

Als er wieder in die Küche ging, loggte sich Kirsten in das Wertpapierdepot ein, das ihr Mann verwaltete. Auch wenn sie seine Vorliebe für spekulative Aktiengeschäfte nicht teilte, freute sie sich über das Vermögen, das er damit angehäuft hatte. Momentan beliefen sich die Depotwerte auf knapp hundertachtzigtausend Euro. In sieben Jahren wollten sie mit den Spekulationsgewinnen die Darlehen, die sie zur Finanzierung des Hauses aufgenommen hatten, ablösen.

Kirsten überlegte nicht lange. Entschlossen stellte sie alle Wertpapiere zum Verkauf. Für die fehlende Summe würde sie ihre laufenden Konten bis zum Limit überziehen.

»Alles in Ordnung?« Der Beamte trat mit einem Becher dampfenden Kaffees zu ihr.

Hastig schloss sie die Internetseite. »Ja, natürlich. Ich habe nur in den Onlineausgaben der regionalen Zeitungen nachgesehen, ob darin über die Entführung berichtet wird.«

»Meines Wissens wurde eine Nachrichtensperre verhängt«, erklärte er und ging zum Esstisch, auf dem die Überwachungsgeräte standen. In den nächsten Minuten werkelte er daran herum, bis er schließlich stolz verkündete: »Jetzt können wir jeden Anruf aufzeichnen und zurück-verfolgen. Wenn sich der Entführer meldet, werden wir innerhalb kürzester Zeit seinen Standort ermitteln!«

Kirsten nickte. Nach der Lüge war sie unsicher, ob ihre Entscheidung richtig war. Schließlich wusste sie nicht, ob der Entführer Max nach der Zahlung wirklich wieder freiließ. Zudem könnte er nach der Überweisung weitere Forderungen erheben. Wenn sie die Ermittler über die Nachricht informierte, könnten diese den Verbrecher fassen und ihren Sohn befreien. Andererseits hatte der Entführer mit Max' Tod gedroht, wenn sie die Polizei einschaltete. Sollte er von der Überwachungsaktion wissen, würde er ihren Sohn sicherlich umbringen. Den Mord konnten aber nur die Beamten verhindern, denen sie nichts erzählen durfte, ohne das Leben ihres Kindes zu gefährden.

Was sollte sie tun? Jeder Weg schien richtig und gleichzeitig falsch zu sein.

Die zweite Nachricht erreichte sie am späten Vormittag. Als das Handy vibrierte, diskutierte ihr Vater gerade mit dem Ermittler, der seinen Kollegen um acht Uhr abgelöst hatte. Ohne die beiden aus den Augen zu lassen, öffnete sie die Mitteilung. Darin war nur eine lange Zahlenkolonne zu sehen. Sie kopierte diese und fügte die Ziffernfolge in eine Onlineüberweisung ein. Nach Bestätigung der Zahlung von 200.000 Euro löschte sie die SMS.

Wenige Augenblicke später sah der Polizist auf einen rechteckigen grauen Kasten in der Größe einer Zigarettenschachtel, an dem ein rotes Lämpchen blinkte. Er nahm das Gerät in die Hand und warf einen Blick auf das Display. »Unsere Überwachungsgeräte haben den Eingang einer Nachricht auf Ihrem Handy registriert. Hat sich der Entführer gemeldet?«

Kirsten nickte.

»Was haben Sie damit gemacht?«, wollte er wissen.

»Ich habe das Lösegeld überwiesen.«

»Überwiesen?« Ihr Vater sah Kirsten mit großen Augen an. »Glaubst du ernsthaft, dass der Verbrecher Max wieder freilässt?«

»Ich weiß es nicht«, antwortete sie wahrheitsgemäß und legte das Smartphone vor sich auf den Tisch. »Aber ich konnte nicht anders.« Tränen liefen über ihre Wangen. Sie hatte sich noch nie so hilflos gefühlt.

***

Nach dem Versenden der SMS schaltete die Kapuzenfrau das Handy aus und entfernte den Akku. Auf diese Weise konnte sie auf keinen Fall geortet werden. Selbst wenn die Polizisten ihren Standort bereits ermittelt hatten, würden sie dort nur eine Autobahntankstelle vorfinden. Da sie mit dem Wohnmobil zwischen Carolinensiel und Emden pendelte, würden die herkömmlichen Überwachungssysteme versagen.

Die Kapuzenfrau legte die Einzelteile in die Mittelkonsole und warf einen Blick auf den kleinen Max, der in seinem Maxi-Cosi schlief. In der Nacht war er mehrfach aufgewacht und hatte geweint. Wenn seine Mutter auf ihre Forderung einging, würde er bald wieder bei seinen Eltern sein.

Ansonsten …

Die Kapuzenfrau ließ den Motor an und folgte der Land-straße bis nach Esens. Bei der Fahrt dachte sie daran, wie einfach die Einrichtung eines Offshore-Kontos gewesen war. Nach einer fast dreitägigen Internetrecherche hatte sie alle Informationen zur Eröffnung des anonymen Kontos in Singapur zusammengetragen. Die ursprüngliche Idee einer Bargeldübergabe hatte sie schnell wieder verworfen. Zum einem würden die Banken bei der Abhebung eines größeren Betrages Fragen stellen, da niemand in der heutigen Zeit eine so große Summe in kleinen Scheinen zahlte. Zum anderen war die Übergabe des Geldes mit einem großen Risiko verbunden. Wie sollte sie verdeckte Ermittler erkennen?

Eine knappe Stunde später fuhr sie in der Nähe von Pewsum auf einen zu dieser Jahreszeit wenig frequentierten Rastplatz. Dort setzte sie den Akku wieder ein, schaltete das Handy an und überprüfte ihren Kontostand. Das Geld war eingegangen.

Schnell machte sie das Gerät aus, entfernte den Akku und warf die Einzelteile aus dem Fenster.

»Hast du schon wieder Hunger?« Sie aktivierte die Türsperrung und ging zu dem kleinen Max. Das Kind brabbelte etwas Unverständliches und strampelte mit Armen und Beinen. Die Kapuzenfrau nahm ihn aus dem Maxi-Cosi und hielt ihn im Arm. Durch die zugezogenen Vorhänge konnte niemand hineinsehen.

In den nächsten beiden Stunden las sie ihm Geschichten vor und stapelte Bauklötze zu einem Turm, den er immer wieder voller Freude umstieß. Nach dem Spielen fütterte sie ihn mit Früchtebrei aus einem der Gläschen.

»Möchtest du heute Abend wieder in deinem eigenen Bettchen schlafen?«

Statt einer Antwort erbrach das Kind einen Teil der Nahrung auf seine Kleidung. Sie nahm ein Lätzchen und wischte ihm damit über das Gesicht. Auch wenn sie frische Kleidung in verschiedenen Kindergrößen in den Schränken hatte, würde sie ihn nicht mehr umziehen.

In Oldenburg stellte sie das Wohnmobil wieder auf dem Parkplatz an der Schleuse ab. Dann zog sie dem Kleinen Jacke und Schuhe an und trug ihn zusammen mit seinem Buggy nach draußen. In der anbrechenden Dunkelheit des Wintertages schob sie ihn zum nahe gelegenen Schwimmbad, das auch über einen Wellness- und Saunabereich verfügte. Dort war in der kalten Jahreszeit immer viel los.

Mit gesenktem Kopf schob sie den Buggy in die Nähe des Eingangsbereichs und achtete darauf, nicht in den Lichtschein der Außenlampen zu treten. Dort fixierte sie die Bremsklötze, drehte sich um und verschwand in der Finsternis. Die Gäste würden Max schnell bemerken. Sollte die Rabenmutter ihre Lektion nicht gelernt haben, würde sie zurückkehren. Bald schon.

***

»Warum haben Sie uns nichts von der Nachricht erzählt?« Joost Kramer sah Kirsten Lindau verärgert an. »Sie haben damit nicht nur das Leben Ihres Kindes riskiert, sondern auch unsere Ermittlungen gefährdet! Möglicherweise hätten wir den Entführer sogar orten können. Wie sollen wir unseren Job machen, wenn Sie nicht mit uns zusammenarbeiten?«

»Ich wollte doch nur meinen Jungen zurück«, rechtfertigte sie sich mit leiser Stimme.

»Haben Sie auch nur einen Moment daran gedacht, dass weitere Kinder entführt werden können? Was geschieht denn, wenn deren Eltern das Lösegeld nicht zahlen können?«

»Unser Sohn ist wieder bei uns. Das ist alles, was zählt«, versuchte ein sichtlich übermüdeter Georg Lindau die Polizisten zu beruhigen, die an diesem Abend zu ihnen gekommen waren.

Kirsten drückte das Kind voller Zärtlichkeit an sich. Der Kleine schien die Aufmerksamkeit zu genießen, denn er glুckste fröhlich. »Ich werde ihn nie wieder aus den Augen lassen«, versprach sie.

»Sie können froh sein, dass ein aufmerksamer Besucher des Schwimmbades die Mitarbeiter auf das Kind aufmerksam gemacht hat. Auch wenn diese Entführung ein glückliches Ende gefunden hat, ist unsere Arbeit noch lange nicht vorbei. Wir müssen den Täter finden, bevor er erneut zuschlägt. Geben Sie uns bitte Ihr Handy«, wechselte der Kommissar das Thema. »Vielleicht können unsere Experten die Telefonnummer der letzten SMS zurückverfolgen oder den Besitzer der Kontoverbindung ausfindig machen.«

Nachdem er das Mobiltelefon eingesteckt hatte, verabschiedete sich Joost und verließ mit seinem Kollegen das Haus. Auf dem Weg zum Streifenwagen grummelte er: »Das darf doch nicht wahr sein!«

»Sie hatte einfach nur Angst um ihr Kind«, versuchte ihn Martin Flerker zu beruhigen. »In einer solchen Situation würdest du auch nicht rational handeln.«

»Das mag ja sein«, stimmte Joost zu. »Aber die Mutter hat unsere Ermittlungen torpediert.«

»Vielleicht hilft uns die Auswertung des Handys weiter.«

»Das bezweifle ich. Der Entführer hat mit Sicherheit ein Prepaidgerät benutzt, das nicht zurückverfolgt werden kann. Die Kontonummer wird wahrscheinlich zu einer ausländischen Bank gehören, die nicht mit unseren Behörden kooperiert.«

»Sei nicht immer so pessimistisch.« Martin klopfte Joost auf die Schulter. »Der Verbrecher wird irgendwann einen Fehler machen.«

»Darauf will ich aber nicht warten und … ich fahre!« Er streckte fordernd die Hand aus, als Martin den Schlüssel aus der Tasche zog. »Du scheinst den Dienstwagen mit einem Porsche zu verwechseln. Auf dem Hinweg hast du etwa sieben Verkehrsdelikte begangen und bei einer gelben Ampel Gas gegeben, statt zu bremsen!«

Martin grinste. »Wir hatten es eilig.«

»Wir haben eine Vorbildfunktion. Hast du das etwa schon vergessen?«

»Jetzt sei doch nicht so ein Korinthenkacker!«, ereiferte sich Martin.

»Das ist Beamtenbeleidigung. Ich bin …«

»… ziemlich angefressen. Das kann ich gut verstehen. Mir gefällt die ganze Sache auch nicht.«

Seufzend raufte sich der Kommissar die Haare. »Entschuldigung. War nicht so gemeint. Momentan scheinen wir keinen Fall mehr aufzuklären. Zu der geheimnisvollen Olga, die das arme Mädchen zum Krüppel gefahren hat, kommt nun noch die Entführung eines Kindes.

Immerhin konnten wir den Ladendieb im Bekleidungs-geschäft überführen.«

»Das war auch kein Kunststück, schließlich hat er sich mit der gestohlenen Ware erwischen lassen.« Martin öffnete die Fahrertür.

»Wolltest du mir nicht den Schlüssel geben?« Joost deutete auf seine noch immer ausgestreckte Hand.

Martin seufzte. »Aber nur, wenn du nicht wieder wie ein Fahrschüler durch die Straßen kriechst.«

Er warf ihm den Schlüssel zu. Kurz darauf fädelte der Kommissar den Wagen in den laufenden Verkehr ein. Ganz vorschriftsmäßig.

Tatverdacht

Oldenburg, Dezember

Hanna Torben hatte ihr Haus wie eine Festung gesichert. Neben einer Alarmanlage, deren Sensoren jede Bewegung registrierten, hatte sie an der Tür ein Sicherheitsschloss angebracht und die Fenster mit einer speziellen Verriegelung versehen, damit sie nicht aufgehebelt werden konnten. Sollte jemand auf die dumme Idee kommen, eine Scheibe einzuschlagen, würde eine Sirene losgehen und im Garten versteckte Strahler würden das Haus in ein grelles Licht tauchen. Sollten sich die Gauner davon immer noch nicht abschrecken lassen, würde sie ihnen mit der Waffe einen bleihaltigen Empfang bereiten. Hanna war schließlich nicht umsonst seit siebenundvierzig Jahren im Schützenverein und hatte bei jedem Wettbewerb eine weitere Trophäe gewonnen. Die Vitrine ihres Wohnzimmers war voller Pokale, an den Wänden hingen gerahmte Urkunden.

In den letzten vier Jahren hatte sie sich immer weniger auf die politischen Versprechen zur inneren Sicherheit verlassen und sich selbst um ihren Schutz gekümmert. Das Wohnmobil in ihrem Carport hatte sie zu einer Art Kommandozentrale aufgerüstet. Im schlimmsten aller Fälle könnte sie ihr Haus verlassen und damit fliehen.

Hanna betrachtete sich nicht als eine der Verrückten, die unterirdische Bunker im Garten bauten, um sich beim Dritten Weltkrieg dort zu verkriechen. Schließlich war sie kein Maulwurf, der unter der Erde lebte. Sie war einfach nur auf alles vorbereitet. Wenn die Natur zurückschlug oder religiöse Spinner den Planeten endgültig in ein Schlachtfeld verwandelten, würde sie eine der wenigen Überlebenden sein. In ihrem Wohnmobil gab es deshalb sogar ein

Schlauchboot mit einem kleinen Außenbordmotor. Damit konnte sie auch Überschwemmungsgebiete überqueren. Zudem kannte sie alle nahe gelegenen Flughäfen.

Sie hatte sich auf alles vorbereitet. Nur nicht auf das Altern. Auch wenn sie mit siebenundsechzig Jahren noch lange nicht zum alten Eisen gehörte, wurde sie immer vergesslicher. Inzwischen hatte sie auf der Suche nach ihrem Handy das ganze Haus auf den Kopf gestellt. Sie hatte in allen Jacken- und Hosentaschen nachgesehen und sogar in der Sockenschublade gewühlt. Wahrscheinlich hatte sie es irgendwo liegen gelassen. Die Nummer hatte sie bisher noch nicht sperren lassen, weil sie immer noch hoffte, es irgendwo wiederzufinden.

Hanna nahm das Tablet und studierte die Nachrichten und Wetterberichte. Auch wenn die Welt inzwischen fast nur noch von Idioten mit mehr oder weniger originellen Frisuren regiert wurde und die Menschen diesen Planeten in eine gigantische Müllkippe verwandelten, schien heute noch keine Apokalypse zu drohen.

Hanna legte das Gerät wieder auf den Tisch und ging zum Sofa. Sie hatte sich gerade hingelegt, als die surrende Klingel die Stille des Hauses zerfetzte. Sofort war sie hellwach. Auf Socken eilte sie in den Flur und blickte auf den Monitor, zu dem die Sicherheitskameras ihre Bilder übertrugen.

Vor dem einzigen Tor in der Mauer, mit der sie ihr Grundstück umgeben hatte, standen zwei Polizisten. Was wollten sie von ihr? Wussten sie etwas von der unregistrierten Waffe, die sie für alle Notfälle unter der Matratze ihres Bettes aufbewahrte? Oder waren sie wegen der Kindesentführung hier, über die die Nordwest-Zeitung heute in großen Lettern berichtet hatte? Der letzte Gedanke ließ Hanna erschaudern.

»Was wollen Sie?«, bellte sie statt einer Begrüßung in die Gegensprechanlage.

»Moin. Ich bin Kommissar Joost Kramer«, stellte sich einer der beiden vor und hielt seinen Dienstausweis in die Kamera. »Das ist mein Kollege Martin Flerker. Wir möchten uns gerne mit Ihnen unterhalten. Dürfen wir reinkommen?«

»Worum geht es denn?«

»Das würden wir gerne in Ruhe mit Ihnen besprechen.«

Hanna dachte nach. Wenn sie den Gesetzeshütern den Zutritt verweigerte, konnten sie kurz darauf mit einem Durchsuchungsbeschluss vor ihrer Tür stehen. Damit würden sie ihr Haus durchwühlen und unangenehme Fragen stellen. Darauf konnte sie gut verzichten.

»Kommen Sie rein«, brummte sie daher und drückte auf den elektronischen Öffner.

Kurz darauf empfing sie die Beamten an der Haustür und bat sie in das penibel aufgeräumte Wohnzimmer.

»Was kann ich für Sie tun?«, wollte sie von ihnen wissen.

»Sie können uns eine Auskunft geben«, antwortete der Mann, der sich als Joost Kramer ausgewiesen hatte. »Wo waren Sie gestern zwischen fünf Uhr nachmittags und acht Uhr abends?«

»Warum wollen Sie das denn wissen?«, knurrte sie misstrauisch.

»Wir stellen hier die Fragen.« Martin Flerker sah sie herausfordernd an.

»Das sagen die Bullen in den Filmen auch immer. Aber so läuft das im richtigen Leben nicht. Ich kenne meine Rechte.« Hanna verschränkte die Arme vor der Brust und musterte die Beamten mit ihren stahlgrauen Augen.

»Wir können Sie auch zum Polizeipräsidium mitnehmen und dort verhören«, stellte der Kommissar fest.

»Ist ja schon gut«, lenkte sie ein. »Worum geht es überhaupt?«

Während der Frage ging Hanna alle Möglichkeiten für den Grund ihres Besuches durch. Wahrscheinlich hatte ihr Nachbar sie wieder angezeigt, weil sie einen der Äste, die über der Grundstücksgrenze hingen, abgesägt hatte.

»Wir ermitteln im Fall des entführten Kindes.« Joost Kramer sah sie durchdringend an. Hanna wusste genau, dass er auf ein verräterisches Zucken ihrer Mundwinkel oder eine andere unbewusste Geste achtete. Aber darauf konnte er lange warten. Mit ihrem Pokerface hatte sie schon viele Menschen getäuscht.

»Ich habe darüber gelesen. Schlimme Sache. Wer macht so etwas?«

»Das wollen wir herausfinden.« Der Blick des Polizisten machte sie langsam doch nervös. »Würden Sie jetzt bitte meine Frage beantworten?«

»Gestern war ich hier und habe mein Wohnmobil auf Vordermann gebracht.«

»Kann das jemand bezeugen?« Der Kommissar runzelte die Stirn.

»Ich lebe allein. Mein Mann ist vor über zwanzig Jahren gestorben. Warum wollen Sie das überhaupt wissen? Habe ich etwas ausgefressen?«

»Das sollten Sie eigentlich am besten wissen.«

Hanna sah den zweiten Polizisten an. »Ich habe nichts Unrechtes getan.«

»Ist Ihnen diese Telefonnummer bekannt?«

Joost Kramer reichte ihr einen Zettel, auf dem eine Ziffernfolge stand. Hanna betrachtete sie einen Augenblick. Dann nickte sie.

»Das ist meine Handynummer.«

»Dürfen wir das Gerät einmal sehen?« Joost Kramers Stimme duldete keinen Widerspruch.

»Es ist verschwunden. Vielleicht wurde es mir gestohlen.«

»Wie praktisch«, kommentierte Martin Flerker. Die Ironie in seiner Stimme entging ihr keineswegs.

»Was wollen Sie mir damit sagen?« Hanna musste sich beherrschen, um den Polizisten nicht anzuschreien. Hier lief etwas entsetzlich schief. »Verdächtigen Sie mich etwa eines Verbrechens?«

»Wir machen nur unsere Arbeit«, entgegnete der Kommissar.

»Warum fragen Sie im Rahmen Ihrer Ermittlungen überhaupt nach meinem Handy?«

»Von Ihrer Telefonnummer wurden im Zusammenhang mit der Entführung zwei SMS verschickt. Daher frage ich Sie also noch einmal: Wo ist Ihr Handy?«

»Keine Ahnung! Wollen Sie mich jetzt festnehmen?«

»Haben wir denn einen Grund dazu?« Dieser Joost Kramer war wirklich ein harter Hund. »Dürfen wir uns im Haus etwas umsehen?«

Da Hanna unmöglich riskieren konnte, dass die Polizisten die nicht registrierte Waffe unter der Matratze fanden, schüttelte sie den Kopf. »Ich möchte mit einem Anwalt sprechen.«

»Wie Sie wollen.« Joost Kramer nickte ihr grimmig zu.

***

»Bist du sicher, dass Hanna Torben die Täterin ist?«, wollte Martin Flerker am nächsten Tag von seinem Kollegen wissen.

Joost zuckte mit den Schultern. »Keine Ahnung. Sie könnte das Kind durchaus in ihrem abgeschotteten Haus versteckt haben. Sie weiß sicherlich auch, wie man ein Offshore-Konto einrichtet. Dennoch glaube ich nicht, dass unsere Spezialisten bei der Durchsuchung ihres Hauses etwas finden werden. Sie ist … ich weiß nicht. Vielleicht wurde ihr Handy wirklich gestohlen und …«

»Wer von euch Idioten hat mit der Presse geredet?« Der leitende Polizeidirektor Sebastian Gernbauer stieß die Tür zu ihrem Büro so heftig auf, dass sie gegen die Wand knallte. Dann warf er die aktuelle Ausgabe der Nordwest-Zeitung auf den Schreibtisch. Die Schlagzeile lautete: **Festnahme nach Kindesentführung**.

Der Kommissar seufzte. Er hatte die Katastrophe kommen sehen, als er die Zeitung heute Morgen aus dem Briefkasten gefischt hatte. Auch wenn er die undichte Stelle nicht kannte, musste er als leitender Ermittler seinem Vorgesetzten nun Rede und Antwort stehen.

»Das weiß ich nicht«, antwortete er daher mit ruhiger Stimme. »Vielleicht hat ein Nachbar etwas von der Festnahme mitbekommen und geredet. Sie wissen doch, wie die Leute sind.«

»Sie hätten die Frau niemals festnehmen dürfen. Ihre Anwältin wird uns deswegen die Hölle heiß machen!«

»Wir hatten einen dringenden Tatverdacht«, verteidigte Joost sein Vorgehen.

»Und ich habe den dringenden Verdacht, dass Sie Ihren Aufgaben nicht gewachsen sind!« Sebastian Gernbauer deutete mit dem ausgestreckten Zeigefinger auf seinen Mitarbeiter. »Ich will handfeste Beweise und keine Vermutungen. Haben Sie das verstanden?«

»Die Telefonnummer ist bisher unser einziger Anhalts punkt. Über die Kontodaten kommen wir nicht weiter. Sie wissen doch, dass Singapur jede Kooperation mit unseren Behörden verweigert. Wir tun unser Bestes«, versprach Joost.

»Das wird nicht reichen. Ich verlange mehr von Ihnen!«

Wütend stampfte der Vorgesetzte aus dem Büro und knallte die Tür hinter sich zu.

»Der Alte hat mal wieder richtig gute Laune!«, kommentierte Martin Flerker den filmreifen Abgang.

»Ich kann es ihm nicht einmal verdenken«, meinte der Kommissar seufzend. »Die Entführung eines Kindes ist ein grauenvolles Verbrechen. Wir müssen den Täter unbedingt finden. Ich gehe die Zeugenaussagen noch einmal durch. Vielleicht haben wir einen entscheidenden Hinweis übersehen.«

Kindermädchen

Emden, Januar

Die Kapuzenfrau hatte nicht damit gerechnet, dass es so einfach sein würde. Die regionalen Zeitungen berichteten bereits von einem ersten Fahndungserfolg. Bis die Polizei merkte, dass sie die Falsche verhaftet hatte, konnte sie die nächste Entführung in Ruhe vorbereiten. Sie sah sich um. Niemand war zu sehen.

Ihre Finger flogen über die Tastatur, als sie den Namen des Kindes und das Geburtsdatum eingab. Wenige Sekunden später blickte sie in die strahlenden Kinderaugen von Hendrik Einhaus. Nachdem sie Adresse und Handynummer notiert hatte, schloss sie die Datei und machte sich wieder an die Arbeit.

Am nächsten Tag meldete sie sich wegen einer hartnäckigen Migräne vom Dienst ab und fuhr mit dem Wohnmobil nach Emden.

Mit in den Taschen vergrabenen Händen und der tief ins Gesicht gezogenen Kapuze beobachtete sie dort das exklusive Einfamilienhaus, das am Ende einer ruhigen Wohnstraße lag. Die Kälte, die bis zum Abend in ihre Knochen kroch, bemerkte sie nicht. Am nächsten Morgen ging sie wie gewohnt zur Arbeit. Schließlich musste sie sich so unauffällig wie möglich verhalten.

In den kommenden Tagen verbrachte sie jede freie Minute mit der Beobachtung des villenähnlichen Gebäudes. An manchen Abenden war sie so erschöpft, dass sie in ihrem Wohnmobil übernachtete und erst am nächsten Morgen nach Oldenburg zurückkehrte. Zwei Wochen später wusste sie, dass die Eltern an jedem Donnerstagabend zwischen sieben und zehn Uhr nicht daheim waren.

An diesem dritten Donnerstag hatte sie das Wohnmobil daher auf einem öffentlichen Parkplatz in der Nähe abgestellt.

Nachdem die Eltern das Haus verlassen hatten, stieg sie über den hüfthohen Zaun, der das Grundstück zur Straße hin begrenzte, und versteckte sich im Garten. Von dort aus beobachtete sie, wie sich das Kindermädchen im hell erleuchteten Wohnzimmer gelangweilt die Nägel lackierte. Der kleine Hendrik spielte in einem Laufgitter, das neben dem Sofa stand.

Nun durfte sie keine Zeit verlieren. Von ihrem Beobachtungsposten aus schlich sie mit gesenktem Kopf zur Haustür. Auch wenn sie vermutete, dass die Kamera neben der Eingangstür nur eine Attrappe war, musste sie dafür sorgen, dass niemand ihr Gesicht sah. Als sie mit dem behandschuhten Zeigefinger auf den Klingelknopf drückte, klopfte ihr Herz bis zum Hals. Konnte sie es wirklich bis zum Ende durchziehen?

Ein tiefer Gong ertönte im Inneren des Hauses. Kurz darauf wurde die Tür geöffnet.

Jetzt oder nie!

Statt einer Begrüßung hob sie den rechten Arm und sprühte der jungen Frau eine Ladung Pfefferspray in die Augen. Als diese aufschrie und die Hände vor das Gesicht presste, stieß die Kapuzenfrau die Babysitterin so fest vor die Brust, dass diese taumelte und nach hinten fiel. Bis die Wirkung nachließ, war sie längst wieder verschwunden.

Sie rannte ins Wohnzimmer, hob den Jungen aus dem Laufstall und eilte mit ihm zur noch immer offen stehenden Haustür. Zu ihrer Überraschung hatte sich die Babysitterin bereits wieder aufgerappelt. Auch wenn sie durch die tränenden Augen kaum etwas erkannte, stellte sie sich ihr im Flur mutig in den Weg.

»Nein!«, schrie sie. »Nicht Hendrik!«

Mit einer Geschwindigkeit, die die Kapuzenfrau ihr keinesfalls zugetraut hätte, griff die Babysitterin nach dem Kind. Im letzten Moment drehte die Frau sich zur Seite und trat ihr mit voller Wucht gegen das Schienbein. Als das Kindermädchen mit einem Schrei zu Boden ging, presste sie das Kind fest an sich und rannte hinaus.

Der Kleine begann zu schreien. Sie drückte sein Gesicht gegen die Jacke, um jeden Laut zu ersticken, und lief so schnell, dass ihre Füße den Boden kaum zu berühren schienen. Der Weg zum Wohnmobil kam ihr plötzlich unendlich weit vor.

Als die Kapuzenfrau ihr Gefährt endlich erreichte, war sie vollkommen außer Atem. Nach Luft schnappend öffnete sie die Tür und setzte den Kleinen in den Maxi-Cosi. Nachdem sie ihn dort angeschnallt hatte, sank sie auf die schmale Bank. Auch wenn die Entführung keine drei Minuten gedauert hatte, fühlte sie sich so erschöpft wie nach einem Langstreckenlauf. Zum Glück war ihr unterwegs niemand begegnet. Um diese nasskalte Jahreszeit machten es sich die Menschen lieber auf ihren Sofas gemütlich.

Nachdem die Kapuzenfrau wieder zu Atem gekommen war, sicherte sie den Maxi-Cosi und startete den Motor. In der Nähe von Dornum stellte sie das Wohnmobil auf dem nicht mehr bewirtschafteten Bauernhof ab. Einen Moment lang schloss sie die Augen und atmete tief durch. Heute war sie einen Schritt weitergegangen. Würde sie bei der nächsten Entführung einen Menschen töten?

»Hendrik, bist du hungrig?« Sie stand auf und ging ins Wageninnere. Der Kleine sah sie mit großen Augen an, das Schreien schien ihn erschöpft zu haben. Im Gegensatz zu Max hatte er fast die ganze Fahrt über wie am Spieß gebrüllt. Speichelfäden hingen aus seinen Mundwinkeln.

Die Kapuzenfrau nahm ein Lätzchen aus dem schmalen Schrank und wischte ihn damit sauber. Dann griff sie nach einem Babyglas, dessen Inhalt auf dem Etikett als eine gesunde Mischung aus Spinat und Kartoffeln beworben wurde. Nach dem Essen legte sie ihn in das kleine Bett, über dem die Hexen an den dünnen Fäden des Mobiles tanzten. Wenige Minuten später schlief er erschöpft ein. Die Kapuzenfrau legte sich auf die Pritsche und schloss die Augen.

Am frühen Morgen wachte sie vom Geschrei des Kleinen auf. Sie wechselte seine Windel, fütterte ihn und setzte ihn wieder in das Reisebett, das auch als Laufstall diente. Nachdem sie einige Bauklötze aus weichem Material hineingelegt hatte, kramte sie das Handy aus der Jackentasche und schrieb eine SMS, in der sie die Summe von zweihunderttausend Euro forderte.

Dann schaltete sie das Gerät aus und nahm wie beim letzten Mal den Akku heraus, schließlich wollte sie jede Ortung vermeiden. Die Kapuzenfrau war sicher, dass auch diese Mutter den geforderten Betrag bezahlen würde.

***

Joost Kramer träumte von einem gesichtslosen Kind, das auf einen Abgrund zulief. Auf den winzigen Füßchen rannte es über scharfkantiges Geröll. Sosehr er sich auch anstrengte, der Kleine war ihm immer einen Schritt voraus. Der Polizist keuchte und streckte die Arme nach dem Kind aus, aber er konnte es einfach nicht festhalten. Während es unbeirrt dem sicheren Tod entgegenstrebte, verwandelte sich sein Schrei in ein grauenvolles Piepsen, das ihn weckte.

Schlaftrunken tastete der Polizist nach dem Handy, das auf dem Couchtisch vor dem Sofa lag. Er hatte sich am späten Nachmittag kurz hingelegt. Anscheinend war er eingeschlafen.

»Kramer«, murmelte er.

»Joost, du musst sofort kommen. Die Kollegen haben mich informiert, weil es in Emden eine ähnliche Entführung wie in Oldenburg gab.«

Augenblicklich war er hellwach. »Was ist passiert?«, wollte er von seinem Kollegen Martin Flerker wissen.

»Das werden wir hoffentlich gleich erfahren. Ich hole dich ab. Bis gleich.«

Der Kommissar stand auf und zog sich an. Eine Stunde später erreichten sie das Einfamilienhaus in Emden.

»Jemand hat die Babysitterin mit Pfefferspray außer Gefecht gesetzt und sich dann den Kleinen geschnappt. Die Eltern waren zu diesem Zeitpunkt bei einem Tanzkurs«, informierte sie ein Kollege. Joost ging zu den Eltern, die an einem weiß lackierten Esstisch saßen. In ihrer Angst um das Kind schienen beide in sich zusammengefallen zu sein, als würde die Sorge jede Lebensenergie aus ihnen heraussaugen. Die Mutter hielt ein Taschentuch in der Hand, mit dem sie sich immer wieder die Tränen abwischte.

»Wollen Sie sich nicht ärztlich untersuchen lassen?«, fragte der Polizist das Kindermädchen, das mit geröteten Augen neben der Mutter saß.

»Das kann ich später immer noch machen. Ich werde hierbleiben, bis Hendrik zurückkehrt oder ...« Sie verstummte.

»Selina, es ist nicht deine Schuld.« Die Mutter ergriff ihre Hand und hielt sie fest.

»Wenn ich die Tür nicht geöffnet hätte, wäre die Frau ...«

»Sagten Sie *Frau*?«, unterbrach Joost ihren Redefluss. »Sind Sie sicher?«

Das Kindermädchen nickte. »Absolut.«

»Wie hat sie ausgesehen? Ist Ihnen etwas Besonderes aufgefallen wie ein Muttermal oder eine Tätowierung?«

Selina schüttelte den Kopf. »Alles ging so schnell. Bevor ich reagieren konnte, hat sie mir schon das Pfefferspray in die Augen gesprüht. Ich mache mir entsetzliche Vorwürfe, weil ich nicht auf Hendrik aufgepasst habe.«

»Wir werden alles tun, um das Kind gesund zurückzubringen. Dazu müssen Sie aber unbedingt mit uns zusammenarbeiten.«

Der Vater sah die beiden Polizisten mürrisch an. »Verschonen Sie mich mit Ihren salbungsvollen Worten. Für Hendriks Leben werde ich jeden Preis zahlen. Wenn Sie nach der letzten Entführung einen guten Job gemacht hätten, wäre unser Sohn jetzt nicht in den Händen dieses … Monsters in Menschengestalt.«

»Wir tun alles, was in unserer Macht steht«, versuchte der Kommissar den aufgebrachten Vater zu beruhigen. »Zusammen können wir …«

»Haben Sie Kinder?«, unterbrach ihn die Mutter. Der Polizist schüttelte den Kopf. »Dann werden Sie unsere Angst niemals verstehen. Die Sorge ist schlimmer als jeder körperliche Schmerz.«

»Ich verstehe durchaus, was Sie gerade durchmachen.«

»Das tun Sie nicht!«, widersprach der Vater barsch. »Verschonen Sie mich mit falschen Versprechungen und machen Sie endlich Ihre Arbeit!« Bei den letzten drei Worten klopfte er mit dem Finger auf die Tischplatte. »Bisher haben Sie nur eine unschuldige Person festgenommen. Also sagen Sie mir nicht, was ich tun soll und was nicht!«

»Ich habe eine Tochter«, warf Martin ein. »Dennoch ist es nicht immer einfach …«

»Das habe ich auch nicht behauptet«, fiel ihm der aufgebrachte Vater ins Wort.

»Sie haben keine Garantie, dass Ihr Sohn nach der Lösegeldzahlung zurückkehrt.« Joost sah zunächst die

Mutter und dann den Vater an. »Immerhin wissen wir jetzt, dass es sich um eine Entführerin handelt. Solange wir aber weder das Motiv noch ihre Beweggründe kennen, können wir den Personenkreis kaum eingrenzen. Kennen Sie die Eltern des vorherigen Opfers?«

»Nein. Wir haben nichts mit ihnen zu tun. Warum wollen Sie das wissen?«

»Wenn wir davon ausgehen, dass es sich um dieselbe Täterin handelt, gibt es vielleicht eine Gemeinsamkeit, nach der Hendrik ausgewählt wurde.«

»Die ist mir nicht bekannt. Ich weiß nur, dass die Entführerin ein Herz aus Eis hat.«

***

Wenige Stunden nach der ersten Nachricht verschickte die Kapuzenfrau eine weitere SMS mit den Kontodaten. Die erste Überweisung hatte sie direkt an ein anderes Nummern-konto weitergeleitet, damit die Polizisten der Spur des Geldes nicht folgen konnten. Sie war immer noch überrascht, wie einfach diese illegalen Transaktionen waren. Noch vor wenigen Wochen hatte die Kapuzenfrau diese Überweisungen mit der Mafia oder skrupellosen Bankern in Verbindung gebracht, die das Geld reicher Klienten vor der Steuer bewahren wollten.

Auch bei dieser Entführung hatte sie nur zweihundert-tausend Euro Lösegeld gefordert, weil sie davon ausging, dass die Familie den geforderten Betrag schnell beschaffen konnte. Der Kapuzenfrau ging es nicht um Millionen-beträge, für deren Beschaffung selbst ihre Opfer einige Tage brauchen würden. Sie wollte mit den relativ geringen Summen einen so großen Handlungsdruck aufbauen, dass die Eltern das geforderte Geld als einen bezahlbaren Preis für das Leben ihres Kindes ansahen.

Natürlich setzte sie sich damit dem Risiko aus, öfter zuschlagen zu müssen. Aber damit musste sie leben. Bis die Polizisten die Verbindung zwischen den Entführungen in Oldenburg und Ostfriesland hergestellt hatten, falls das überhaupt jemals geschah, hätte sie ihr Ziel längst erreicht. Schließlich war sie nur eine gesichtslose Gestalt in der Dunkelheit.

Nach dem Versenden der Kontodaten schaltete die Kapuzenfrau das Gerät wieder aus, nahm den Akku heraus und ging in den rückwärtigen Teil des Wohnmobils. Hendrik schlief in dem kleinen Bettchen. Sie nahm das friedlich schlummernde Kind heraus und sicherte es in dem Maxi-Cosi, dann fuhr sie nach Norddeich. Wenn sie weiterhin in Bewegung blieb, konnte sie trotz einer möglichen Handyortung nicht gefunden werden. Da sie nicht wusste, mit welcher Technik die Ermittler heutzutage arbeiteten, durfte sie nie zu lange an einer Stelle bleiben.

Am frühen Abend steuerte die Kapuzenfrau einen Autobahnparkplatz in Küstennähe an, auf dem außer ihr sieben Lastwagen standen. Dort aktivierte sie das Handy und prüfte den Geldeingang. Als sie die geforderte Summe sah, entfernte sie den Akku und warf die Einzelteile in einen der überquellenden Mülleimer. Für einen Sekundenbruchteil huschte ein Lächeln über ihr Gesicht, als hätte jemand in ihrem Inneren ein Licht entzündet. Aber es verlosch schneller als eine Kerze im Wind.

Fahndungserfolg

Oldenburg, Januar

»Die Telefonnummer, von der die SMS abgeschickt wurde, gehört einer Gisela Brunken. Hier ist ihre Adresse.« Martin Flerker wedelte aufgeregt mit einem Zettel.

»Wahrscheinlich ist sie auch nicht die Entführerin. So einfach wird sie es uns nicht machen.« Joost sah seinen Kollegen resigniert an. »Wir haben immer noch keinen blassen Schimmer, mit wem wir es hier zu tun haben.«

»Kopf hoch!«, munterte dieser ihn auf. »Vielleicht fühlt sie sich zu sicher und wird leichtsinnig.«

Eine halbe Stunde später klingelten sie an der Wohnungstür eines Mehrfamilienhauses in der Nähe des Oldenburger Pferdemarktes. Eine ältere Frau öffnete und betrachtete die beiden Polizisten überrascht.

»Moin, meine Herren. Habe ich etwas verbrochen?«

»Das hoffen wir nicht. Dürfen wir uns kurz mit Ihnen unterhalten?« Der Kommissar musterte die betagte Dame, die sich auf einen Rollator stützte und kaum größer als einen Meter fünfzig war. Trotz ihrer körperlichen Gebrechlichkeit strahlte sie eine unglaubliche Energie aus. Mit ihren blauen Augen musterte sie die beiden aufmerksam.

»Selbstverständlich. Ich mach uns erst einmal einen Tee. Mögen Sie Kekse?«

»Gerne!«, antwortete Martin Flerker.

»Sie müssen etwas lauter reden, ich höre in letzter Zeit so schlecht.« Die ältere Dame sah sie mit einem entwaffnenden Lächeln an.

Wenig später saßen alle in einem Wohnzimmer, das aus einer anderen Zeit zu stammen schien. Die Möbel waren sicherlich achtzig Jahre alt. Joost ließ seinen Blick durch den

Raum schweifen. In einer Vitrine standen drei gerahmte Bilder.

»Darf ich mir die einmal ansehen?«

»Natürlich. Aber nehmen Sie die Fotos bitte vorsichtig heraus, andere habe ich nicht.«

Der Kommissar stand auf, nahm die Rahmen aus der Vitrine und stellte sie vor sich auf den Tisch.

»Das ist meine Tochter mit den drei Enkeln. Sie sind vor sieben Jahren nach Japan ausgewandert. Ich kann in meinem Alter nicht mehr reisen, deshalb unterhalte ich mich mit meiner Tochter und den Kindern über den Computer. Da gibt es so ein komisches Programm, bei dem ich sie sogar sehen kann. Das ist wirklich toll.«

»Das freut uns, Frau Brunken. Hören Sie, wir sind wegen Ihres Handys hier.« Martin nahm sich einen weiteren Keks. »Die sind richtig lecker. Wo haben Sie die gekauft?«

Frau Brunken musterte ihn kopfschüttelnd, als hätte er etwas Unanständiges gesagt. »Ich kaufe doch keine Kekse! Die habe ich selbst gebacken. Was ist denn mit meinem Handy?«

»Können Sie mir das Gerät bitte zeigen?«

»Wenn Sie telefonieren müssen, können Sie auch meinen Festnetzanschluss nutzen. Der Apparat ist da hinten.« Sie deutete auf ein altmodisches Telefon mit Wählscheibe, dessen Hörer mit einem gehäkelten Überzug eingefasst war.

»Ich möchte nicht telefonieren, sondern mir das Gerät nur ansehen.«

»Warum das denn?« Die alte Dame sah ihn misstrauisch an. »Brauchen Sie dazu nicht so ein Durchsuchungsdingsda?«

Martin faltete die Hände. »Wir hatten gehofft, dass Sie es uns auch ohne amtliches Dokument zeigen.«

»Ich habe vor Ihnen doch keine Geheimnisse!«, entrüstete sie sich. »Es ist in der Handtasche. Warten Sie kurz.« Frau

Brunken schob ihren Rollator zu einer Kommode und wühlte in der Tasche herum.

»Das verstehe ich nicht«, murmelte sie. »Es müsste doch hier sein. Ich habe es noch nicht herausgenommen, seit ich meine Freundin im Krankenhaus besucht habe. Sie ist vor drei Wochen gestürzt. Oberschenkelhalsbruch.« Sie sah vielsagend zu den Beamten. »Seitdem habe ich es nicht mehr gesehen. Es ist so ein Gerät mit großen Tasten, damit ich unterwegs schnell den Notruf wählen kann. Zum Telefonieren brauche ich es so gut wie nie, das mache ich entweder mit meinem Apparat oder dem Computer. Über das Internet sind Auslandsgespräche sogar kostenlos«, fügte sie mit einem triumphierenden Lächeln hinzu. Kurz darauf schob sie die Handtasche zur Seite. »Ich kann es einfach nicht finden.«

»Haben Sie es vielleicht verlegt?«, wollte Joost wissen.

»Junger Mann, wenn Sie glauben, dass ich in meinem Alter meschugge bin …« Sie machte mit dem Zeigefinger kreisende Bewegungen an der rechten Schläfe. »… dann irren Sie sich aber gewaltig. Mein Gedächtnis ist ausgezeichnet.« Sie tippte mit ihrem Finger an den Kopf. »Ich bin noch fit im Oberstübchen. Sehen Sie die da?« Sie deutete auf einen Stapel Bücher, der sich neben einem Sessel auf einem kleinen Beistelltisch befand. »Das sind alles Kreuzworträtsel und dieser neumodische Kram, der sich irgendwas mit *Brain* nennt. Wenn Sie wollen, können wir gerne eine Partie Scrabble spielen. Das wird ein Spaß.« Sie rieb sich vergnügt die knochigen Hände.

»Dazu haben wir leider keine Zeit.« Martin sah sie bedauernd an.

»Sie wollen nur nicht gegen mich verlieren. Junge Kerle wie ihr habt doch nur Videospiele und Mädchen im Kopf. Das weiß ich ganz genau.«

Auch wenn der Grund ihres Besuches alles andere als heiter war, musste der Kommissar grinsen. »Haben Sie Ihr Handy unterwegs vielleicht verloren?«

»Ganz sicherlich nicht. Ich habe die Handtasche immer verschlossen.« Sie deutete auf den Reißverschluss.

»Wenn Sie es weder verlegt noch verloren haben, kann es nur gestohlen worden sein.«

Frau Brunken nickte Martin zu. »Genau! Dann machen Sie sich mal auf die Suche nach dem Dieb. Schließlich sind Sie doch von der Polizei, oder etwa nicht?«

»Waren Sie in den letzten Tagen noch woanders?«

Frau Brunken dachte nach. »Ich habe eingekauft. Diese neumodischen Märkte sind ganz grauenvoll, finden Sie nicht auch? Früher war alles persönlich und übersichtlich, jetzt muss ich an kilometerlangen Regalen vorbei, nur um etwas Brot, Milch und ein Schnäpschen zu kaufen.« Sie deutete auf ein gut gefülltes Spirituosenregal in der Vitrine. »Wollen Sie ein Schlückchen in den Tee? Dann schmeckt der gleich noch viel besser.«

»Nein, vielen Dank. Wir dürfen im Dienst nichts trinken.«

»Kommen Sie doch später noch einmal vorbei. Dann machen wir einen Scrabble-Abend, das wird bestimmt lustig.«

Daran zweifelte der Polizist keinesfalls. »Leider müssen wir jetzt gehen. Das Böse schläft bekanntlich nie.« Er stand auf und legte eine Visitenkarte auf den Tisch. »Vielen Dank für Ihre Hilfe. Bitte melden Sie sich, wenn Ihnen noch etwas einfallen sollte.«

»Das mache ich gerne. Wollen Sie nicht doch ein Schlückchen auf den Weg?«

»Ich nehme mir einen Keks mit.« Martin griff nach dem Gebäck. »Bleiben Sie ruhig sitzen«, meinte er, als die alte Dame aufstehen wollte. »Wir finden schon raus.«

»Ziehen Sie die Tür fest hinter sich zu. Ich möchte nicht, dass jemand einbricht.«

Kurz darauf gingen sie gemeinsam zu ihrem Dienstwagen, den sie vor dem Haus geparkt hatten.

»Ich gehe davon aus, dass ihr Handy auch gestohlen wurde«, mutmaßte Joost. »Die Entführerin ist clever. Sie verschickt die Nachrichten von fremden Handys, die wir nicht orten können. Wir können nur hoffen, dass der kleine Hendrik unversehrt zu seiner Familie zurückkehrt.«

Oldenburg, Februar

»Was ist eigentlich mit dir los? Du hörst mir nicht einmal richtig zu. Wo bist du nur mit deinen Gedanken?« Ricarda Albers stemmte die Hände in die Seiten und funkelte Joost Kramer wütend an.

»Tut mir leid«, antwortete ihr Freund. »Mir gehen die Entführungen nicht mehr aus dem Kopf. Das fünfte Kleinkind ist seit drei Tagen verschwunden und wir haben nicht den geringsten Hinweis auf die Täterin. Für die Presse sind die ermittelnden Polizisten unfähige Trottel.«

»Ich habe die Zeitungsartikel gelesen. Sie sind tatsächlich nicht sehr schmeichelhaft. Momentan scheint es kaum ein anderes Thema als die Entführung der kleinen Lena zu geben.« Ricarda ergriff seine Hand und hielt sie fest. »Die Entführungsopfer müssen doch irgendeine Gemeinsamkeit haben.«

»Das weiß ich selbst«, blaffte Joost. »Entführt wurden bisher drei Jungen und zwei Mädchen im Alter zwischen neun und zwölf Monaten. Die Familien kannten sich untereinander nicht, sie haben verschiedene Freundeskreise und andere kulturelle Interessen. Zwei Frauen waren im selben Fitnessklub, haben aber an unterschiedlichen Kursen teilgenommen. Nur drei Familien wohnen direkt in Oldenburg, die anderen Kinder wurden in Emden und Aurich entführt. Bisher wissen wir nur, dass es sich um eine Frau handelt, die Nachrichten von gestohlenen Handys aus verschickt.«

»Wo wurden die Geräte denn entwendet?«

Der Kommissar zuckte mit den Schultern. »Das wissen wir nicht genau. Zwei wurden anscheinend im Krankenhaus St. Marienstift geklaut, ein anderes in der Oldenburger Innenstadt. Da es sich bei den Bestohlenen ausnahmslos um ältere Menschen handelt, die ihr Handy wenig benutzen und oft nicht einmal mit einem Sicherungscode versehen, fiel der Verlust nicht sofort auf. Sollte das letzte Kind nicht zu seinen Eltern zurückkehren, werde ich mir mein Leben lang Vorwürfe machen.«

»Es ist doch nicht deine Schuld.« Ricarda zog ihn zu sich.

»Ich fühle mich aber dafür verantwortlich. Kannst du das denn nicht verstehen?«

»Natürlich kann ich das.« Ricarda nickte und griff nach seiner Hand. »Habt ihr denn auch in der Vergangenheit nach Gemeinsamkeiten bei den betroffenen Familien gesucht?«

»Natürlich haben wir das!«, entrüstete sich Joost. »Aber es gab weder Freundschaften untereinander noch einen gemeinsamen Feind, an den sich alle erinnern konnten. Zwei Familien sind im letzten Jahr nach Ostfriesland gezogen. Die Eltern sind sich auch während der Schulzeit nicht begegnet.«

»Vielleicht solltet ihr nicht nur bei den Eltern, sondern auch bei den Kindern suchen.«

»Das haben wir doch längst gemacht«, wandte er resigniert ein. »Die Kinder kennen sich untereinander nicht. Sie waren nicht einmal in einer gemeinsamen Krabbelgruppe oder zusammen beim Babyschwimmen. Dieser Weg ist eine Sackgasse. Ich weiß einfach nicht weiter.« Der Polizist hob hilflos die Hände. »Wir müssen das fünfte Kind unbedingt finden! Die Eltern können das Lösegeld von zweihunderttausend Euro nicht überweisen. Sie leben schon seit Jahren über ihre Verhältnisse und die Kündigung des Vaters hat die finanzielle Krise noch verschärft. Wir wissen nicht, was geschieht, wenn in der angegebenen Frist keine Überweisung erfolgt.«

»Wie meinst du das denn?« Ricarda runzelte die Stirn.

»Alle anderen Familien waren vermögend und konnten das Geld problemlos beschaffen. Die jetzige Familie ist aber bis über beide Ohren verschuldet, auch wenn sie nach außen hin ein luxuriöses Leben geführt haben. Keine Ahnung, warum sich manche Menschen wegen eines aufwändigen Lebensstils in den finanziellen Ruin stürzen und …«

»Moment mal«, unterbrach ihn Ricarda. »Du hast gerade gesagt, dass die Eltern der ersten vier Entführungsopfer das Geld problemlos beschaffen konnten. Die fünfte Familie hat nach außen hin den Anschein erweckt, reich zu sein.«

»Worauf willst du hinaus?«, fragte Joost genervt.

»Hast du jemals darüber nachgedacht, warum die Entführerin immer nur zweihunderttausend Euro gefordert hat?«

»Weil diese Summe schnell zu beschaffen ist. Dazu mussten die Familien nur einen Teil ihrer Vermögenswerte veräußern und die Kreditlinien ausschöpfen.«

»Genau. Aber weiß die Entführerin denn über die finanziellen Verhältnisse Bescheid?«

»Sicher nicht. Sonst hätte sie die letzte Familie nicht ausgewählt«, sagte der Polizist.

»Richtig. Genau das ist der entscheidende Punkt!«, rief Ricarda aufgeregt.

»Ich kann dir nicht folgen.« Der Polizist kratzte sich am Kopf.

»Joost, denk doch nach. Alle Familien machten nach außen hin den *Eindruck*, als ob sie ein finanziell sorgenfreies Leben führen würden.«

»Das stimmt«, bestätigte er. »Alle leben in luxuriösen Einfamilienhäusern und fahren teure Wagen. Drei Familien leisten sich sogar eine Putzfrau, obwohl die Mütter nicht berufstätig sind. Sicherlich sorgen sie auch für die Rente vor und leisten sich private Krankenversicherungen. Zudem …«

»Sagtest du gerade *private Krankenversicherung*?« Ricarda sah ihn erwartungsvoll an.

»Ja. In Deutschland gibt es doch längst eine Zwei-Klassen-Medizin«, resümierte Joost. »Für eine gute Versorgung muss man heutzutage tief in die Tasche greifen. Inzwischen ist eine Privatbehandlung fast schon eine Art Statussymbol.«

»Hatten alle Frauen bei der Entbindung eine private Krankenversicherung?«

»Keine Ahnung«, entgegnete der Kommissar und schüttelte verärgert den Kopf. »Ich verstehe aber nicht, worauf du hinauswillst. Langsam fühle ich mich wie ein dummer Schüler.«

Ricarda setzte sich auf. »Bleib beim Thema, Joost. In welchen Krankenhäusern haben die Frauen ihre Kinder denn zur Welt gebracht?«

»Im St. Marienstift. Das ist nichts Ungewöhnliches.«

»Zunächst mal nicht. Aber wenn wir davon ausgehen, dass alle Frauen eine private Krankenversicherung und in derselben Klinik entbunden haben, hast du einen ersten Zusammenhang.«

»Das haben wir doch längst überprüft«, wandte der Polizist seufzend ein. »Die Frauen waren alle zu unterschiedlichen Zeiten im Krankenhaus. Sie werden sich dort nicht begegnet sein.«

»Das müssen sie auch nicht! Vielleicht ist der Schlüssel zur Lösung des Falls nicht die Zeit, sondern die Behandlung an sich.«

Joost sah Ricarda nachdenklich an. »Du meinst die Mitarbeiter.«

Ricarda nickte.

»Okay. Wenn wir der Einfachheit halber unterstellen, dass die Ärzte und Krankenschwestern Zugang zu den Patientenakten haben, könnte sich die Entführerin dort Namen, Adressen und auch die Handynummern der Opferfamilien besorgt haben. Wir suchen also nach Ärzten und Krankenschwestern, die bei allen Geburten Dienst hatten.«

»Das haben wir doch schon gemacht«, seufzte Joost genervt.

»Was ist mit den freiberuflichen Beleghebammen?«

»Hebammen«, murmelte der Kommissar.

»Sag mir jetzt nicht, dass ihr das noch nicht geprüft habt.« Ricarda sah ihn entsetzt an.

»Ich werde mir die Unterlagen zu dem Fall noch einmal genau ansehen. Bist du sauer, wenn ich um diese Zeit noch einmal ins Präsidium fahre?«

Sie schüttelte den Kopf. »Du gehst aber nicht ohne einen …«

»… Kuss«, unterbrach er Ricarda und küsste sie. »Solltest du mit deiner Theorie richtigliegen, werde ich dich zu meiner persönlichen Assistentin ernennen.«

»Das hättest du wohl gerne!« Sie grinste. »Dann könntest du mich den ganzen Tag rumkommandieren. Daraus wird leider nichts.«

»Darüber reden wir ein andermal.« Joost nahm den Wagenschlüssel aus der Schale auf der Flurkommode, schlüpfte in seine Schuhe und zog sich die Jacke über. Kurz darauf knallte er die Wohnungstür hinter sich zu und eilte zum Auto.

***

Der Kommissar saß an diesem Abend bis nach Mitternacht in seinem Büro im Polizeipräsidium und sah sich die Unterlagen und Aussagen zu den Entführungsfällen noch einmal an. In den Vernehmungen hatten Martin und er den Müttern unzählige Fragen gestellt, um so viele Informationen wie möglich über ihr privates Umfeld zu erhalten. Bisher war er davon ausgegangen, dass ihnen noch wichtige Informationen fehlten. Nach dem Gespräch mit Ricarda wurde ihm klar, dass er die einzelnen Puzzleteile nur falsch zusammengesetzt hatte.

Vier Schwangere waren von demselben Arzt behandelt worden, drei hatten von einer Hebamme namens Melanie gesprochen. Die anderen beiden konnten sich nicht mehr an den Namen erinnern. Da die Babysitterin eine weibliche Person beschrieben hatte, schied der Mediziner als Verdächtiger aus.

Joost fuhr sich mit einer fahrigen Geste durch das Gesicht. Er musste dringend wieder mehr schlafen. Da er vor der Aufklärung des Falls aber keine ruhige Minute finden würde, konnte er dieser Melanie zumindest einige Fragen stellen.

Er zog sich die Jacke über und verließ das Präsidium. Mit seinem Privatwagen fuhr er durch die fast leeren Straßen der Stadt zum Krankenhaus.

Auf dem Weg durch die endlosen Gänge der Klinik orientierte sich der Polizist an den Auskunftsschildern. In der Geburtsabteilung verlangte er, die diensthabende Schwester zu sprechen.

»Wissen Sie, wie spät es ist?« Eine etwa vierzigjährige Frau mit kurzen schwarzen Haaren, deren Namensschild sie als *Schwester Annette* auswies, schüttelte verärgert den

Kopf. »Ich habe alle Hände voll zu tun. Hat das nicht Zeit bis zum Ende der Nachtschicht?«

Joost zeigte ihr seinen Ausweis. »Ich möchte eine Hebamme namens Melanie sprechen.«

»Was wollen Sie von ihr?«

»Ich möchte mich nur kurz mit ihr unterhalten. Reine Routineangelegenheit.«

»Mitten in der Nacht? Melanie ist nicht hier. Sie hat sich vor drei Tagen krankgemeldet.«

»Wo kann ich sie erreichen?«

»Um diese Zeit ist sie wahrscheinlich im Bett. Ist sonst noch etwas?« Die Krankenschwester stemmte die Hände in die Seiten und sah den Polizisten herausfordernd an. »Statt mich von der Arbeit abzuhalten, sollten Sie lieber nach der geheimnisvollen Olga suchen, die ihre Tochter zum Krüppel gemacht hat.«

»Hat die Hebamme etwas mit der verunglückten Emily Rohde zu tun?«, hakte der Polizist sofort nach.

»Melanie ist ihre Mutter.«

»Ich werde nicht eher ruhen, bis wir den Täter ermittelt haben«, versprach Joost.

»Das klingt wie einer dieser coolen Sprüche aus einem Actionfilm.«

Der Polizist lächelte freudlos. »Unsere Arbeit ist leider nicht so aufregend wie die der Filmhelden. Nochmals danke für Ihre Information.« Joost drehte sich um und ging. Die Sohlen seiner Schuhe quietschten bei jedem Schritt.

Schwester Annette wartete, bis er verschwunden war. Dann eilte sie ins Stationszimmer. Dort nahm sie ihr Handy aus der Tasche und rief Melanie an.

***

Gedankenverloren öffnete Joost die Tür seines Wagens und stieg ein. Morgen würde er sich die Dienstpläne und andere Informationen über Melanie Rohde auf dem offiziellen Dienstweg besorgen und die Daten mit den Entführungsfällen abgleichen.

Missmutig startete er den Motor und fuhr zu seiner Wohnung. Auch wenn sein Verdacht richtig war und Melanie Rohde etwas mit den Entführungen zu tun hatte, konnte er in dieser Nacht nichts mehr unternehmen. Bis zur Ausstellung eines Durchsuchungsbeschlusses konnte es eine ganze Weile dauern. Vielleicht würde der zuständige Ermittlungsrichter diesen auch wegen mangelnder Beweise ablehnen, selbst wenn die Entführungen mit den Fehltagen der Hebamme übereinstimmten.

Der Kommissar schlug mit der flachen Hand auf das Lenkrad. In Momenten wie diesen kamen ihm die Regeln, Verordnungen und Paragrafen wie Fallstricke vor, die seine Ermittlungen behinderten. Die Superbullen, die in Krimis jeden Fall auf eigene Faust lösten, gab es in der Realität leider nicht. Recht und Ordnung waren wichtige Grundpfeiler seines Lebens. Ohne sie …

Joost bremste den Wagen ab und fuhr auf einen Seitenstreifen. Wenn er mit seiner Vermutung recht hatte und die Hebamme die kleine Lena entführt hatte, musste er sofort handeln. Das konnte er aber nicht, weil …

Der Polizist kramte das Smartphone aus seiner Jackentasche und tippte auf eine im Kurzwahlverzeichnis hinterlegte Telefonnummer.

»Flerker«, meldete sich kurz darauf eine verschlafene Stimme.

»Martin, wir haben eine heiße Spur im Fall der entführten Kinder.«

»Hat das nicht Zeit bis morgen?«

»Ich denke nicht.«

»Es ist mitten in der Nacht und … Schlaf weiter. Ich bin gleich wieder da.« Joost hörte ein Rascheln und dann das Klacken einer Tür. »Astrid wird morgen wieder meckern, weil ich das Handy auf dem Nachttisch liegen habe. Warum bist du nicht im Bett?«

»Wir sollten uns das Haus von Melanie Rohde ansehen.«

»Wer ist das denn?«

»Die Mutter von Emily.«

»Von dem Unfallopfer?«

»Ich gehe davon aus, dass sie als Hebamme bei allen Geburten der entführten Kinder dabei war.«

»Wenn sie das fehlende Puzzleteil ist …« Martin verstummte für einige Sekunden. »Hast du einen Durchsuchungsbeschluss?«

»Noch nicht.«

»Willst du mich verarschen? Du rufst doch nicht ernsthaft um diese Uhrzeit an, um mit mir …«

»… Lena könnte dort sein. Ich gebe dir die Adresse durch«, unterbrach ihn Joost.

»Bist du betrunken? Du hältst dich doch sonst auch an die Spielregeln.«

»Ich weiß, aber hier steht das Leben eines Kindes auf dem Spiel.«

Martin seufzte. »Ich will den Fall doch auch aufklären. Aber …«

»Kein *Aber*«, unterbrach ihn der Kommissar. »Wenn Gefahr im Verzug ist, müssen wir handeln.«

»Ich bin nicht sicher, ob wir damit durchkommen.«

»Das ist Auslegungssache. Was ist jetzt? Bist du dabei oder kuschelst du dich wieder unter die Decke und träumst von großen Heldentaten?«

»Manchmal bist du eine unglaubliche Nervensäge.«

Eine halbe Stunde später standen die Polizisten vor dem Eingang eines kleinen Einfamilienhauses. Der nachträglich erbaute Carport schien im Vergleich zum Gebäude riesig zu sein. Das Wohnviertel im Norden der Stadt wirkte um diese Uhrzeit wie ausgestorben.

Sie schlichen um das Haus. Als sie eine Hintertür entdeckten, die auf eine unkrautüberwucherte Terrasse führte, wickelte Joost die Jacke um seinen Arm und schlug damit die Scheibe ein. Vorsichtig, um sich nicht an scharfkantigen Scherben zu verletzen, griff er durch das Loch und öffnete die Tür mit dem innen steckenden Schlüssel.

Die Polizisten zogen ihre Waffen und traten in den Raum. Die Scherben knirschten unter ihren Sohlen. Die Leuchtdioden einer Funkuhr an der Mikrowelle tauchten die Küche in ein gespenstisch grünes Licht. An der rechten Wand sahen sie einen Tisch mit vier Stühlen und an der gegenüberliegenden Seite war eine Küchenzeile. Alles war so penibel aufgeräumt wie auf den Abbildungen des Musterkataloges eines Möbelhauses.

Wie auf ein Stichwort schalteten Joost und Martin ihre Taschenlampen an, gingen zur Küchentür und öffneten diese. Von dort aus gelangten sie in einen Flur, von dem drei weitere Türen abgingen. Eine Treppe führte ins Obergeschoss.

Der Kommissar deutete auf die erste Tür. Als Martin ihm zunickte, drückte er sie mit dem Lauf seiner Waffe nach innen auf. Aber die Vorsicht war unbegründet. In der Mitte des Zimmers standen nur ein Bügelbrett und drei Körbe mit überquellender Wäsche.

»Hier ist niemand«, flüsterte Joost nach einem Blick in den Kleiderschrank. Mit leisen Schritten gingen sie wieder in den Flur. Die Tür zum nächsten Raum war nur angelehnt. Der Kommissar drückte sie weiter auf.

Plötzlich ertönte ein schabendes Geräusch, dem ein lauter Knall folgte.

Die Männer pressten sich an die Wand. Ihr Eindringen war nicht unbemerkt geblieben. Joost hielt den Atem an und lauschte. Wer auch immer in diesem Raum war, verhielt sich nun ebenfalls absolut ruhig.

»Polizei. Kommen Sie mit erhobenen Händen raus!«, befahl er.

Niemand reagierte auf diese Aufforderung. Nach einigen Sekunden absoluter Stille gab er Martin ein Zeichen. Dann löste sich der Polizist von der Wand und stieß die Tür auf, während er sich gleichzeitig fallen ließ, um einem möglichen Schützen kein Ziel zu bieten.

»Tolle Show!«, kommentierte Martin sarkastisch, nachdem Joost sich abgerollt hatte und auf den Besen starrte, der mitten im Raum lag. »Der wird beim Öffnen der Tür umgefallen sein.«

Die Polizisten sahen sich in dem Raum um, bei dem es sich um das Wohnzimmer zu handeln schien. Ein Flachbildschirm stand auf einem halbhohen Schrank gegenüber einem Sofa, ein Bücherregal nahm fast die ganze Wand gegenüber der Tür ein. Kurz darauf hatten sie auch den letzten Raum im Erdgeschoss, das Badezimmer, inspiziert.

»Hier ist niemand«, resümierte Martin. »Wir sollten uns oben umsehen.«

Die Polizisten schlichen über die Treppen in den ersten Stock. Als eine Holzstufe knarrte, erstarrten sie mitten in der Bewegung. Aber nichts rührte sich.

Vorsichtig öffnete Joost die erste Tür auf der rechten Seite und leuchtete in den Raum. Darin standen ein Bett, ein Schreibtisch und ein Stuhl. An den Wänden hingen Filmposter, auf den Türen des Kleiderschrankes klebten

Fotos. Auf den meisten Bildern grinste Emily mit ihrer Freundin Celine in die Kamera.

»Das wird Emilys Zimmer sein«, vermutete Martin. »Hoffentlich ist sie eines Tages wieder so fröhlich wie auf diesen Schnappschüssen. Meines Wissens wird sie aber noch eine Weile in der Reha sein.«

Wenige Minuten später hatten die Polizisten auch den letzten Raum durchsucht.

»Hier ist niemand!« Der Kommissar leuchtete mit der Taschenlampe über das gemachte Bett. Er ging zum Nachttisch, auf dem ein Bilderrahmen stand, und betrachtete das Foto darin. Eine junge Frau stand vor einem Wohnmobil. In den Armen hielt sie ein kleines Kind. Beide grinsten um die Wette. »Das wird Emily mit ihrer Mutter sein.«

Als Joost das Bild zurückstellte, fiel ihm ein Prospekt auf, der ebenfalls auf dem Nachttisch lag. Er nahm ihn in die Hand. »*Gerber Robotics*. Hast du davon schon mal gehört?«

Martin schüttelte den Kopf. Joost richtete den Lichtstrahl der Taschenlampe darauf und blätterte darin.

»Die stellen Prothesen her, die in einer aufwändigen Operation mit den Nerven verbunden werden und später wie natürliche Körperteile funktionieren«, fasste er das Gelesene wenig später zusammen. »Dieser Eingriff wird derzeit nur in Spezialkliniken in New York und Los Angeles durchgeführt. Allein die Prothese kostet um die achtzigtausend Euro. Die Gesamtkosten einschließlich Operation und anschließender therapeutischer Behandlung belaufen sich auf etwa sechshunderttausend. Das ist doch Wahnsinn.«

»Das zahlt sicher keine Krankenkasse«, wandte sein Kollege ein.

»Das stimmt wahrscheinlich und …« Der Kommissar verstummte.

»Was hast du?«, wollte Martin wissen.

»Was würdest du tun, wenn deiner Tochter etwas zustoßen würde?«

»So eine Frage kann nur ein Mann stellen, der keine Kinder hat. Die Antwort ist einfach. Alles, Joost. Ich würde alles für meine Tochter tun.«

»Auch Kinder entführen?«

Martin runzelte die Stirn. »Möglicherweise. Es ist durchaus denkbar, dass die Hebamme das Geld für die Behandlung von Emily erpressen will. Damit hätten wir ein Motiv für die Verbrechen.«

»Wir sollten sie zur Fahndung ausschreiben.«

Martin nickte. »Dann wollen wir uns mal an die Arbeit machen. Hoffentlich flippt der Chef nicht aus, wenn er von unserer Aktion hier erfährt.«

»Wenn wir ihm damit die Täterin liefern, wird ihm die Methode vollkommen egal sein.«

»Das stimmt. In der Pressekonferenz wird er sich wieder als strahlenden Helden feiern lassen. Aber wenn deine Vermutung falsch ist, wird er uns möglicherweise suspendieren.«

»So weit wird es hoffentlich nicht kommen.«

***

Die Kapuzenfrau lief unruhig im Wohnmobil hin und her wie ein Raubtier in seinem Käfig. Seit drei Tagen fuhr sie nun schon an der Nordseeküste entlang. Aus Angst vor einer Entdeckung blieb sie nie lange an einem Standort. Die kleine Lena war inzwischen zu einem echten Problem geworden. Bisher war die Beseitigung eines Kindes keine Option gewesen, die sie ernsthaft in Erwägung gezogen hätte. Wenn die Eltern aber nicht zahlten, würde sie etwas unternehmen müssen.

In den letzten Stunden hatte sie einen Verkauf des Mädchens an adoptivwillige Familien im Ausland erwogen. Menschenhändler zahlten viel Geld für ein Kleinkind von neun Monaten. Auch wenn sie allein bei dem Gedanken, was skrupellose Geschäftsleute und perverse Kunden mit Lena machen konnten, eine Gänsehaut bekam, musste sie sich möglicherweise bald an die Vorstellung gewöhnen, denn wenn sie das Kind in der Nordsee ertränkte, würde sie keinen Cent bekommen.

Lena wimmerte plötzlich, als hätte sie ihre Absichten gespürt. Die Kapuzenfrau beugte sich über das Kinderbett, in dem die Kleine lag.

»Was mache ich nur mit dir?«

Lena gluckste und strampelte mit Armen und Beinen, als sie das Kind herausnahm.

»Bist du hungrig?« Die Kapuzenfrau deutete auf das letzte Gläschen Früchtebrei.

Wenig später fütterte sie die Kleine, die sie dabei mit ihren strahlend blauen Augen ansah. Wollte sie dieses Kind wirklich wie eine Puppe verkaufen oder einfach … entsorgen? Die Kapuzenfrau schüttelte den Kopf, als würde sie sich diese Frage selbst beantworten. Hier ging es schon lange nicht mehr um das, was sie tun *wollte*, sondern nur noch darum, was sie tun *musste*.

Auch wenn es schreckliche Dinge waren.

Bei der Arbeit hatte sie sich wieder krankgemeldet. Damit der Schwindel nicht aufflog, würde sie sich nun auch noch ein ärztliches Attest besorgen. Vorher musste sie allerdings das Kind loswerden.

Nach der Mahlzeit gab sie Lena etwas Saft zu trinken und schnallte sie dann im Maxi-Cosi an, den sie wieder auf einem der beiden hinteren Sitze befestigte. Sie hatte sich schon viel zu lange auf dem Parkplatz in der Nähe von Bensersiel aufgehalten.

Bevor sie den Motor startete, steckte sie den Akku in das gestohlene Handy und loggte sich in ihrem Offshore-Konto ein. Zu ihrem Ärger war das Lösegeld noch immer nicht gebucht worden.

Die Kapuzenfrau seufzte und sah zu der Kleinen, die eifrig an ihrem Daumen lutschte. Dann nickte sie kaum merklich.

Sie startete den Motor und fuhr weiter. Die Entführerin hatte ihre Entscheidung getroffen. Auch wenn sie keine Ahnung hatte, wie sie jemals damit leben sollte …

***

»Wir haben noch immer keine Spur der vermissten Lena!«, verkündete Martin am nächsten Nachmittag. »Die Kollegen stellen gerade das Haus von Melanie Rohde auf den Kopf. Bisher haben sie aber noch nichts gefunden, was auf eine Kindesentführung hindeuten würde. Es gab keine geheimen Räume oder verborgenen Schränke, in denen man ein Kind verstecken könnte. Die Übereinstimmung ihrer Fehlzeiten mit den Entführungen, die wir anhand der Dienstpläne abgeglichen haben, könnte auch Zufall sein.«

»Das ist möglich«, gab Joost zurück. »Momentan ist Melanie Rohde aber unsere Hauptverdächtige. Alle Puzzleteile ergeben bei ihr ein stimmiges Bild und …« Er verstummte, als das Telefon in ihrem Büro läutete, und nahm das Gespräch entgegen.

»Melanie Rohde ist bei Ihnen?«, fragte er kurz darauf ungläubig, wobei ihm die Überraschung deutlich anzumerken war. Kurz darauf legte der Kommissar den Hörer der mobilen Telefoneinheit auf den Schreibtisch.

»Was war das denn für ein seltsamer Anruf?«, wollte Martin wissen.

»Sie ist zu Hause. Zwei Polizisten begleiten Sie zum Polizeipräsidium.«

Eine halbe Stunde später wurde Melanie Rohde von den Kollegen in ein Vernehmungszimmer gebracht. »Das wird ein juristisches Nachspiel haben«, drohte sie den Polizisten, als man sie durch die Tür schob. »Sie können doch nicht einfach in mein Haus einbrechen!«

»Wir hatten einen dringenden Tatverdacht«, rechtfertigte sich Joost und setzte sich ihr gegenüber. »Können Sie uns bitte sagen, wo Sie in den letzten Tagen gewesen sind?«

»Ich war an der Nordsee. Meine Tochter hatte im Herbst letzten Jahres einen schlimmen Unfall. Seitdem bin ich kaum zur Ruhe gekommen.«

Hinter dem Kommissar schloss Martin die Tür des Vernehmungszimmers. »Nach unseren Informationen haben Sie sich krankgemeldet.«

»Woher wissen Sie das?«, fragte die Frau mit verengten Augen. »Waren Sie etwa im Krankenhaus und haben mit meinen Vorgesetzten geredet?«

»Wir machen nur unsere Arbeit«, wich Martin der Frage aus.

»Indem Sie unschuldige Menschen verdächtigen? Ich bin eine Hebamme, die ihren Beruf gewählt hat, weil sie Kinder *liebt*. Ich brauchte nur etwas Zeit für mich. Habe ich mich damit etwa strafbar gemacht?« Sie sah ihn an.

Joost hielt Melanies Blick stand, auch wenn seine Zweifel immer größer wurden. Hatte er die Puzzleteile des Falls wirklich richtig zusammengelegt? War diese Frau tatsächlich eine skrupellose Verbrecherin?

»Natürlich nicht«, antwortete er auf ihre Frage. »Was wissen Sie über die Entführungen?«

»Ich kenne die Zeitungsberichte. Statt mich hier festzuhalten, sollten Sie sich lieber um den wahren Täter kümmern.«

»Können Sie uns sagen, wo Sie zu diesen Zeiten gewesen sind?«

Joost legte ihr eine Liste mit den Zeiträumen vor, in denen die Kinder entführt und wieder zurückgebracht wurden. Die Hebamme überflog die Daten.

»Das weiß ich doch jetzt nicht mehr«, antwortete sie gereizt. »Außerhalb der Arbeitszeiten war ich entweder zu Hause oder bei meiner Tochter.«

»Gibt es Zeugen dafür?«

»Außer den Menschen, die mich in der Reha gesehen haben? Wahrscheinlich nicht. Wie Sie sicherlich wissen, wurde ich vor siebzehn Jahren geschieden und wohne seitdem mit meiner Tochter allein im Haus.«

»Hatten Sie im Krankenhaus Zugang zu den Patientendaten?«

Melanie Rohde nickte. »Auch wenn Ihnen die Klinikleitung etwas anderes erzählt, können die meisten Mitarbeiter mit einigen Tricks darauf zugreifen. Ganz abgesehen davon, dass Hacker die Daten gestohlen haben könnten. Wenn sich Ihr Verdacht nur darauf gründet, können Sie die meisten Angestellten des St. Marienstiftes verhaften. Ich gratuliere zum Fahndungserfolg«, fügte sie sarkastisch hinzu.

»Interessanterweise hatten aber nur Sie sich während aller Entführungen krankgemeldet oder Urlaub genommen«, wandte Martin ein.

»Das macht mich noch lange nicht zu einer Verbrecherin.«

»Sie müssen verstehen, dass wir unsere …«

»Ich verstehe nur, dass Sie mit Ihren Ermittlungen meinen Ruf ruinieren«, unterbrach sie Martin aufgebracht. »Was müssen denn die Kollegen von mir denken? Wie soll ich mich bei meinen Vorgesetzten rechtfertigen? Ich habe in den letzten Wochen genug durchgemacht.«

Sie sah die beiden Polizisten herausfordernd an und stand auf.

»Wo wollen Sie denn hin?« Der Kommissar erhob sich ebenfalls.

»Nach Hause. Wenn ich nicht festgenommen bin, würde ich jetzt gerne gehen.«

»Daraus wird nichts, Frau Rohde. Wir haben hier einen Haftbefehl.« Joost schob ihr den rosafarbenen Bogen zu. »Gegen Sie besteht ein dringender Tatverdacht.«

»Das können Sie nicht machen!«, schrie die Hebamme. »Ich verlange sofort einen Anwalt.«

»Sie können selbstverständlich juristischen Beistand hinzuziehen. Bis dahin …«

»… werde ich kein Wort mehr sagen!« Sie verschränkte die Arme vor der Brust.

»Wie Sie wollen.« Joost seufzte. »Dann werden wir Sie jetzt zum Gefängnis …«

»Was ist hier los?« Die Tür zum Vernehmungsraum wurde so heftig aufgestoßen, dass sie gegen die Wand krachte. Putz rieselte zu Boden. Der leitende Polizeidirektor Dr. Gernbauer stürmte in den Raum und funkelte die Polizisten wütend an. »In mein Büro. Sofort!« Seine Stimme duldete keinen Widerspruch.

»Wir sind gerade mitten in einer …«

»Was haben Sie an … *sofort* … nicht verstanden?«, drohte er Martin, der ihn vollkommen konsterniert ansah. Kurz darauf standen die Polizisten vor seinem mit Papieren und Akten überladenen Schreibtisch wie Schüler, die auf der Toilette beim Rauchen erwischt worden waren.

»Ich habe gerade einen Anruf vom Leiter des Klinikums St. Marienstift bekommen.« Gernbauer deutete mit dem Zeigefinger auf Joost. »Seiner Aussage nach haben Sie in der letzten Nacht eine Kollegin zur Herausgabe vertraulicher Informationen genötigt. Ist das richtig?«

Der Kommissar erstarrte. »Ich habe nur …«

»Also haben Sie mit einer Krankenschwester gesprochen?«

»Ich wollte doch …« Joost verstummte einen Moment, bevor er das Thema wechselte. »Der Haftbefehl wurde bereits …«

»Haftbefehl? Warum weiß ich nichts davon?«, zischte er.

»Wir mussten schnell handeln, Herr Gernbauer, schließlich hatten wir Grund zu der Annahme, dass sich die entführte Lena in dem Haus befand.«

»Haben Sie dort etwas gefunden?«, fragte der Polizeichef süffisant, als kannte er die Antwort bereits. Joost schüttelte den Kopf.

»Das habe ich mir gedacht. Bei der ersten Festnahme haben Sie auch einen Unschuldigen erwischt. Sollte die Öffentlichkeit erfahren, dass wir die Mutter von Emily Rohde verhaftet haben, können wir uns in Oldenburg nicht mehr sehen lassen. Ab sofort werden Sie nichts mehr ohne meine ausdrückliche Einwilligung unternehmen. Sie lassen Frau Rohde unverzüglich gehen, haben Sie das verstanden?«

»Das können Sie nicht machen!«, ereiferte sich der Kommissar. »Unsere Ermittlungen gegen Frau Rohde …«

»… sind hiermit beendet.«

»Aber …«

»Raus hier!« Der Polizeichef schlug so fest mit der Faust auf den Tisch, dass seine Mitarbeiter erschrocken zusammenzuckten. Dann drehten sie sich um, verließen das Büro und kehrten zum Vernehmungsraum zurück.

»Frau Rohde, Sie können gehen. Sollten wir noch Fragen haben, melden wir uns bei Ihnen.«

»Bin ich doch nicht verhaftet?« Die Hebamme sah Joost irritiert an. Als dieser den Kopf schüttelte, stand sie auf und verließ wortlos den Raum.

»Was ist denn mit dem Alten los?«, wollte Martin wissen, nachdem sie auf dem Flur verschwunden war.

»Er hat Angst vor der öffentlichen Meinung«, murmelte Joost. »Wenn wir bei den Ermittlungen einen Fehler gemacht haben, werden die Journalisten wie eine Meute hungriger Wölfe über uns herfallen.«

»Aber wenn wir recht haben?« Martin stand auf.

»Dann wird etwas wirklich Schlimmes geschehen«, flüsterte Joost. »Wir müssen Lena unbedingt finden. Aber ich habe keine Ahnung, wo wir suchen sollen.«

Martin sah seinen Kollegen an, als wollte er etwas Aufmunterndes sagen. Dann aber schwieg er.

***

Melanie Rohde verließ das Polizeirevier mit festen Schritten und ging zur nächsten Bushaltestelle. Dort setzte sie sich auf eine Bank und holte ihr eigenes Smartphone aus der Jackentasche. Kurz vor Wittmund war sie mit dem Wohnmobil auf einen Rastplatz gefahren, hatte den Akku eingelegt und ihre Nachrichten abgefragt.

Neben den beiden WhatsApp-Mitteilungen ihrer Tochter Emily hatte ihr die Personalchefin des Krankenhauses auf die Mailbox gesprochen und der Nachbar von gegenüber wollte wissen, warum vor ihrem Haus Polizeiwagen standen. Zudem hatte ihre Kollegin Annette sie über den nächtlichen Besuch eines Polizisten informiert.

Einem ersten Impuls folgend hatte sie fliehen wollen.

Aber wie weit würde sie mit dem Wohnmobil schon kommen? Da die Beamten bei der Vernehmung keine Fragen dazu gestellt hatten, wussten sie wahrscheinlich noch nichts von dem Fahrzeug. Aber es war nur eine Frage der Zeit, bis sie etwas darüber herausfanden, also hatte sie sich für eine riskante Strategie entschieden: *Angriff ist die beste Verteidigung.*

Sie hatte das Fahrzeug auf dem großen Parkplatz unter der Oldenburger Marschwegbrücke abgestellt, der kleinen Lena ein leichtes Schlafmittel gegeben und war zur Bushaltestelle gegangen. In der Nähe ihres Hauses war sie ausgestiegen und hatte sich beim Anblick der Polizisten überrascht gezeigt. Der Auftritt als Drama Queen im Polizeirevier hatte ihr etwas Zeit verschafft. Diese musste sie nutzen, um das Kind loszuwerden und alle Spuren im Wohnmobil zu beseitigen. Die Eltern zahlten nicht, also würde sie es auf eine andere Weise zu Ende bringen müssen. Auch wenn es ihr ganz und gar nicht gefiel.

Marek

Oldenburg, Februar

Marek saß in seinem alten Opel und starrte missmutig durch die verdreckte Windschutzscheibe. »Arschkalt«, murmelte er und nahm einen Schluck aus der Wodkaflasche, die er im Supermarkt zusammen mit einer Tüte Chips geklaut hatte. Der Alkohol rann durch seine Kehle und explodierte im Magen, bevor er wie flüssiges Feuer durch seine Adern strömte. Aus Erfahrung wusste Marek, dass die Wärme trügerisch war. In der Nacht würde sich seine Karre wieder in einen Gefrierschrank verwandeln. Die Heizung war schon lange kaputt. Nach dem Rauswurf aus seiner Wohnung hatte er bei einem Kumpel gepennt, bis der eine scharfe Braut aufgerissen und ihn vor die Tür gesetzt hatte.

Der junge Mann mit den langen fettigen Haaren kramte in seiner Hosentasche und holte sein gesamtes Vermögen hervor. Zwölf Euro und siebenundsechzig Cent. Er brauchte dringend etwas Kohle und einen Platz zum Schlafen.

Eigentlich brauchte er ein neues Leben. In dem Wohnmobil, das auf dem gegenüberliegenden Parkplatz stand, war es sicherlich bequemer als in seinem Wagen.

Er nahm einen weiteren Schluck aus der Flasche, während er das Gefährt fachmännisch musterte. Autos waren schließlich die einzige Sache, von der er etwas verstand. Vor einiger Zeit hatte er sogar einmal daran gedacht, eine Lehre als Kfz-Mechaniker zu machen. Aber da Marek und Arbeit nicht füreinander geschaffen waren, hatte er die Schule geschmissen, um mit seinen Freunden abzuhängen und sein Leben zu chillen. Leider war das nicht so einfach wie gedacht, auch wenn er seine Stütze immer wieder mit Taschendiebstählen aufbesserte. In dem Wohnmobil war es bestimmt kuschelig warm.

Warum klaute er es nicht einfach?

Sollte jemand darin schlafen, würde er ihm einfach eine harte Rechte verpassen. Auch ohne seinen Schlagring hatte er schon einigen Kerlen eine ordentliche Abreibung verpasst. Marek trank einen weiteren Schluck. Dann schraubte er die Flasche zu, warf sie achtlos zu der Zeitung auf den Beifahrersitz, griff nach seinem Werkzeug und stieg aus.

Kurz darauf presste er das Gesicht an die verdreckten Fenster, aber er konnte nichts erkennen. Fluchend schlich er zur Tür und rüttelte am Griff. Sie war verschlossen. Vorsichtig schob er den Schraubenzieher an der Fahrerseite zwischen Gummizug und Glas des Fensters. Dann drückte er die Scheibe wenige Millimeter nach unten und führte den Draht ein, den er vorher zu einer Schlinge gebunden hatte. Diese ließ er geschickt über den Türknopf gleiten und zog ihn damit hoch.

Leise öffnete er die Tür und lauschte. Als er die Atemgeräusche eines Menschen hörte, zog er seinen Schlagring aus der Hosentasche und schob ihn über die Finger der rechten Hand. Mit der linken Hand kramte er nach dem Zippo. Als er das Benzinfeuerzeug aufschnappen ließ, war er bereit. Er rieb über den Zündstein und erkannte im tanzenden Schein der Lampe ein … Kinderbett, über dem ein Mobile mit Hexen hing, die vergnügt auf ihren Besen ritten?

Nachdem er sich vergewissert hatte, dass sonst niemand im Wohnmobil war, beugte er sich über das schlafende Baby. Welche Mutter ließ ihr Kind im Wohnwagen zurück?

Keine Mutter … sondern eine Entführerin.

Plötzlich erinnerte sich Marek an die Zeitungsberichte der letzten Tage. In der heutigen Ausgabe der Nordwest-Zeitung hatte unter dem Bild der verzweifelten Eltern eine

Telefonnummer gestanden, unter der sie jederzeit erreichbar waren.

Dort könnte er mit verstellter Stimme Lösegeld fordern. Mit der Kohle würde er sich nach Südamerika absetzen. Dort gab es jede Menge Strände, Bier und willige Girls, die ihm die Nacht versüßen würden. Bei dem Gedanken an einen lebenslangen Urlaub grinste Marek.

Aber handelte es sich hierbei überhaupt um das entführte Mädchen? Seiner Meinung nach sahen die Gören alle gleich aus. Er dachte nach. Hatte die Presse nicht etwas von einem Muttermal an der linken Hand geschrieben? Marek hob das Ärmchen hoch und sah sich im flackernden Licht des Zippos die Haut an. Als er das rautenförmige Mal sah, grinste er.

Für die Kleine würde er mindestens eine Million Euro bekommen. So viel forderten die Entführer in den Krimis auch immer. Falls die Eltern nicht zahlten, konnte er das Kind verkaufen. Unschuldige kleine Mädchen waren immer gefragt.

Lena war seine Eintrittskarte ins Paradies.

Marek ging nach vorne und setzte sich auf den Fahrersitz. Zum Glück war das Wohnmobil eines der älteren Dinger, die man leicht kurzschließen konnte.

Wenige Minuten später hatte er Wodkaflasche und Zeitung aus seiner alten Karre geholt und fuhr mit dem Wohnmobil auf die Autobahn. Wenn er einen sicheren Ort gefunden hatte, würde er die angegebene Telefonnummer wählen und den Eltern seine Lösegeldforderung nennen.

Marek schaltete das Radio an. Als der Song *Born to be wild* gespielt wurde, drehte er die Musik so laut, dass das Kind davon aufwachte und weinte. Während er den Rhythmus mit den Fingern auf das Lenkrad trommelte, lachte er aus vollem Hals.

***

Melanie Rohde spähte durch das Fenster auf die nächtliche Straße. Gegen zehn Uhr hatte sie alle Lichter im Haus gelöscht, um mögliche verdeckte Ermittler glauben zu lassen, dass sie zu Bett gegangen wäre. Sie durfte jetzt keinen Fehler machen!

In den letzten Stunden hatte sie das Haus wieder in Ordnung gebracht und die meisten Spuren der Durchsuchung beseitigt. Aus Angst vor einer Überwachung hatte sie sich nicht auf dem gestohlenen Handy eingeloggt.

Sie zog sich die zu große Jacke und ihre Schuhe an. Dann schlüpfte sie durch die Terrassentür, deren Loch mit einer Folie zugeklebt war, und schlich durch den Garten zum benachbarten Grundstück. Da die Rollläden ihres Nachbarn unten waren, konnte sie nicht gesehen werden. Nach zwei weiteren Gärten erreichte Melanie eine Querstraße. Den Weg zur Marschwegbrücke legte sie zu Fuß zurück, damit sich später kein Bus- oder Taxifahrer an sie erinnern konnte.

Nach einer Dreiviertelstunde erreichte sie ihr Ziel. Der Parkplatz war fast leer. Nur wenige Wagen standen dort, aber … kein Wohnmobil.

Das durfte doch nicht wahr sein!

Mit zitternden Fingern griff sie in die Jackentasche, in der sich der Schlüssel befand.

Hat die Polizei den Wagen entdeckt und mir eine Falle gestellt?

Der Gedanke ließ sie einen Moment lang erstarren, bevor sie ihn wieder verwarf. Wenn die ermittelnden Beamten das Versteck gefunden hätten, wäre sie längst verhaftet worden. Falls der Wagen gestohlen war, konnte sie … nichts tun.

Bei dieser Erkenntnis fühlte sie sich wie ein Spielzeug mit leeren Batterien.

Power off.

Erschöpft lehnte sie sich an eine der Betonsäulen. Über sich hörte sie das Rauschen der Autobahn. Nie zuvor hatte Melanie sich so allein gefühlt.

So schuldig.

Auch wenn sie den Kindern niemals etwas angetan hätte, hatte sie großes Leid über die Familien gebracht. Bisher hatte sie sich eingeredet, dass der Zweck die Mittel heiligte. Schließlich brauchte sie das Geld für Emilys Operation in Amerika.

Aber das stimmte nicht.

Aus der Hebamme, die einem Kind das erste Lächeln des Lebens schenken wollte, war eine Verbrecherin geworden, die Angst in ein kleines Herz gepflanzt hatte. Wenn sich Lena in der Gewalt eines Fremden befand, war sie ihm schutzlos ausgeliefert. Bei ihr waren die Kinder niemals in Gefahr gewesen. Trotz aller moralischer Bedenken durfte sie sich aber nicht erwischen lassen, denn Emily brauchte ihre Hilfe!

Ohne dass es ihr bewusst wurde, ballte sie die Hände zu Fäusten und ging die möglichen Optionen durch. Wenn sie den Diebstahl des Wagens verschwieg, konnte der Unbekannte dem Kind etwas Schreckliches antun. Wenn sie der Polizei gegenüber aber behauptete, dass ihr Wohnmobil schon vor längerer Zeit gestohlen wurde, konnte sie dem Dieb auch die anderen Entführungen in die Schuhe schieben. Entschlossen öffnete sie die Fäuste wieder und machte sich auf den Heimweg.

***

In Bremen-Neustadt fuhr Marek auf den Parkplatz eines Einkaufszentrums. So langsam ging ihm das Kind mit der Schreierei auf die Nerven. Während der ganzen Fahrt hatte die Kleine wie am Spieß gebrüllt. Außerdem roch es in dem

Wohnmobil ziemlich streng. Wahrscheinlich hatte sie eine ordentliche Ladung in die Windel gedrückt, aber er würde der Kleinen sicherlich nicht den Hintern abwischen. Darum konnte sich die Mutter kümmern.

Marek kramte sein Smartphone aus der Hosentasche und wählte die in der Nordwest-Zeitung angegebene Nummer. Bevor er auf das Symbol des grünen Hörers drückte, hielte er einen Moment inne. Die Bullen würden die eingehenden Gespräche sicher aufzeichnen und orten. Da er keine Ahnung hatte, wie schnell sie den Standort seines Handys feststellen konnten, musste er nach dem Anruf sofort weiterfahren.

Er öffnete das Handschuhfach und nahm einen verdreckten Lappen heraus, mit dem wahrscheinlich die Scheiben geputzt wurden. Diesen wickelte er um das Gerät, damit seine Worte gedämpfter klangen. Wenn er zudem seine Stimme verstellte, konnte ihm nichts passieren. Aufgeregt tippte er auf den grünen Hörer. Nach dem zweiten Läuten meldete sich eine Frauenstimme.

»Stellen Sie am vierundzwanzigsten Februar um genau sechzehn Uhr dreiundzwanzig eine Reisetasche mit einer Million Euro in nicht registrierten Scheinen am Nordsteg des Hamburger Hauptbahnhofs in Höhe von Gleis 13 ab. Nach der Übergabe des Geldes werde ich Ihnen den Standort des Kindes durchgeben. Sollte die Polizei auftauchen, werden Sie Ihre Tochter in Einzelteilen zurückbekommen.«

Marek beendete das Telefonat und beglückwünschte sich zu seiner Meisterleistung. Den coolen Spruch mit den Einzelteilen hatte er in einem der Actionfilme gehört, die er sich so gerne ansah. Der Bahnhof war zum Zeitpunkt der Übergabe voller Menschen. In dem Gedränge würde er nicht weiter auffallen. Sollten ihn die Bullen dennoch schnappen, würde er den Aufenthaltsort des Kindes erst nach seiner Freilassung verraten. Bestimmt wollte niemand das Leben der Kleinen gefährden, deshalb konnte er sich in aller Ruhe mit der Kohle absetzen und den Aufenthaltsort erst verraten, wenn er in Sicherheit war. Er musste nur noch ein geeignetes Versteck für das Mädchen finden.

Marek sah auf die Uhr des Smartphones. Inzwischen war es kurz nach elf. Er würde das Wohnmobil über Nacht an einem abgelegenen Stellplatz parken und sich morgen früh um ein Versteck kümmern. Irgendwo gab es sicherlich einen Kanalisationsschacht oder ein verlassenes Gebäude. Er stand auf und ging zu dem Kinderbett, in dem das Kind noch immer brüllte. »Wenn du nicht sofort die Klappe hältst, klebe ich dir den Mund zu. Hast du das verstanden?«

Die Kleine sah ihn ängstlich an. Für einen Moment war sie still, als hätte sie die Drohung verstanden. Dann schrie sie lauter als jemals zuvor.

***

»Verstehst du das?«, wollte Martin Flerker von seinem Kollegen Joost wissen und sah kopfschüttelnd auf den Telefonhörer. Nach dem gestrigen Tobsuchtsanfall ihres Vorgesetzten waren sie an diesem Morgen wieder früh im Büro gewesen, um nach neuen Anhaltspunkten bei den Entführungsfällen zu suchen. »Zuerst bekommt die Mutter eine SMS, laut der sie zweihunderttausend Euro überweisen soll. Jetzt will die Entführerin eine Million Euro in kleinen Scheinen.«

»Vielleicht wird Melanie Rohde langsam nervös. Konnte das Handy geortet werden?«, wollte der Kommissar wissen.

Martin schüttelte den Kopf. »Dafür war das Gespräch zu kurz. Wir wissen aber, dass die SMS von einem gestohlenen Gerät gesendet wurde. Da die Nummer inzwischen gesperrt ist, muss der heutige Anruf von einem anderen Handy gekommen sein. Ich verstehe einfach nicht, warum sie jetzt eine Million Euro verlangt, nachdem die Eltern nicht einmal zweihunderttausend aufbringen können.«

»Es könnte sich um einen Trittbrettfahrer handeln, der einfach nur das Geld abgreifen will, ohne das Kind entführt zu haben«, mutmaßte Joost. »Dennoch werde ich das Gefühl nicht los, dass wir im Haus von Melanie Rohde etwas übersehen haben. Wir müssen sie noch einmal zu ihren Ausflügen an die Küste befragen. Schließlich wissen wir immer noch nicht, wo sie sich ein Zimmer genommen hat.«

»Vielleicht war sie mit ihrem Wohnmobil unterwegs.«

»Wohnmobil? Was für ein Wohnmobil?« Joost sah seinen Kollegen an.

»Du hast das Bild im Schlafzimmer doch auch gesehen. Dort war ein Foto, auf dem sie mit ihrer Tochter vor einem Wohnmobil stand.«

»Das würde auch die Größe des Carports erklären. Dort stand aber kein Fahrzeug. Wenn sie damit die Kinder entführt hat …« Joost sprang auf. »Wir müssen sofort zu ihr.«

»Das ist keine gute Idee. Hast du den Anschiss des Alten schon vergessen?«

»Nein«, stimmte Joost zu und senkte den Kopf. »Wollen wir dieser Spur denn nicht nachgehen?«

»Es gibt bestimmt noch andere Verdächtige«, schlug Martin vor. »Wenn die Hebamme als Täterin ausscheidet, müssen wir …«

»… unsere Arbeit machen! Ich bin Polizist geworden, weil ich den Menschen helfen möchte.«

»Das stimmt nicht!«, wandte sein Kollege ein. »Du sitzt hier doch nur, weil Frauen auf Männer in Uniformen stehen.«

»Das ist ein angenehmer Nebeneffekt«, gab der Kommissar zu. »Das Wohnmobil würde auch erklären, warum wir im Haus nichts gefunden haben.«

»Der Chef wird einer weiteren Vernehmung von Frau Rohde niemals zustimmen.«

»Ich wollte ihn nicht um Erlaubnis fragen.«

»Joost! Gernbauer hat gesagt, dass wir ihn über jeden Schritt informieren müssen.«

»Das werden wir auch tun … *nachher*.«

»Das gibt richtig Ärger.« Martin legte die Stirn in Falten. »Der eine Wutanfall hat mir erst einmal gereicht.«

»Dann fahre ich allein.« Joost nahm seine Jacke vom Haken.

»Was ist nur mit dir los? Willst du dir unbedingt die Karriere ruinieren?«

»Ich will ein entführtes Kind finden.«

Martin seufzte. »Wenn unsere Vermutung eine weitere Sackgasse ist, können wir … jetzt warte doch auf mich!«

Der Kommissar blieb im Türrahmen stehen und grinste seinen Kollegen an. »Ich wusste doch, dass ich mich auf dich verlassen kann.«

»Jaja. Ich begleite dich, aber nur, wenn ich fahre!«

Wenig später stiegen sie vor dem Haus von Melanie Rohde aus und klingelten.

Die Hebamme öffnete die Tür nur wenige Augenblicke später, als hätte sie die Beamten erwartet. »Was wollen Sie denn hier?«

»Warum haben Sie uns Ihr Wohnmobil verschwiegen?«, polterte Joost los, ohne auf ihre Fragen einzugehen.

»Ich habe nichts verschwiegen«, rechtfertigte sie sich. »Sie haben nicht danach gefragt.«

»Wir würden es uns gerne ansehen. Können Sie uns bitte sagen, wo Sie es abgestellt haben?«

Melanie hob das Kinn. »Das Wohnmobil wurde mir gestohlen. Direkt aus meinem Carport. Ist das zu fassen?«

Die Polizisten wechselten einen vielsagenden Blick. »Wann haben Sie den Diebstahl denn gemeldet?«, wollte Joost wissen.

»Dazu bin ich bisher noch nicht gekommen. Da Sie schon einmal hier sind, können Sie die Anzeige gleich aufnehmen.«

»Ihrer Aussage nach waren Sie in den letzten Tagen an der Nordseeküste. Wie sind Sie denn dorthin gekommen?«, fragte der Kommissar bemüht freundlich.

»Ich habe mir einen Mietwagen genommen.«

»Können wir die Unterlagen dazu sehen?«

»Die habe ich nicht mehr.« Melanie Rohde senkte den Kopf.

»Sie werden sich doch bestimmt an den Autoverleiher erinnern, bei dem der Wagen angemietet wurde. Wir werden dort einfach nachfragen. Können Sie uns bitte auch das Hotel oder die Pension nennen, in der Sie in Ostfriesland übernachtet haben?«

Die Hebamme presste die Lippen aufeinander. »Ich werde ohne meinen Anwalt kein Wort mehr sagen. Gehen Sie jetzt bitte.«

Als Melanie Rohde die Tür schließen wollte, stellte Joost geistesgegenwärtig einen Fuß in den Spalt.

»Wenn Lena stirbt, werde ich Sie dafür zur Rechenschaft ziehen«, zischte er. »Sollten Sie nach Hamburg fahren …«

»Hamburg? Was soll ich denn in Hamburg?«, unterbrach sie ihn.

»Das wissen Sie genau! Oder erinnern Sie sich nicht mehr an den Anruf?«

Einen Moment lang sah Melanie Rohde die Polizisten an, dann schien sie in sich zusammenzufallen wie ein Ballon, aus dem Luft abgelassen wird.

»Was für ein Anruf?«

Joost irritierte ihr entsetzter Gesichtsausdruck. Wusste sie wirklich nichts davon?

»In dem Telefonat wurde mit einem grauenvollen Tod der kleinen Lena gedroht.«

Plötzlich bebten ihre Lippen, Tränen rannen über die Wangen.

»Sind Sie sicher, dass Sie uns nicht doch noch etwas zu sagen haben?«

Statt einer Antwort drehte Melanie Rohde sich um und schlurfte in den Flur.

Joost und Martin folgten ihr ins Wohnzimmer. In dem Sessel wirkte sie geradezu winzig. Diese Frau hatte keinerlei Ähnlichkeit mehr mit der resoluten Dame, die ihnen gestern im Präsidium eine Szene gemacht hatte.

»Setzen Sie sich.« Melanie Rohde deutete auf ein Sofa. »Wenn dem Mädchen etwas geschieht, klebt Blut an meinen Händen. Mit dieser Schuld kann ich nicht leben. Sie müssen Lena finden. Versprechen Sie mir das?«

Der Kommissar musterte die Frau, die ihm nun nicht mehr wie eine herzlose Verbrecherin vorkam, sondern wie ein Mensch, der eine schwere Schuld auf sich geladen hatte.

»Je mehr Informationen Sie uns geben, desto gezielter können wir nach dem Kind suchen.« Martin sah die Hebamme erwartungsvoll an.

In den nächsten Minuten erzählte ihnen Melanie Rohde von den Entführungen.

»Das ist alles«, bekräftigte sie zum Schluss. »Mir ist klar, dass ich dieses Unrecht niemals wiedergutmachen kann, aber ich musste einfach etwas für meine Tochter tun. Emily soll doch wieder laufen können!«

»Dann haben Sie also die Handys gestohlen und von den Geräten aus Nachrichten verschickt«, fasste Joost ihr Geständnis zusammen. »Was haben Sie mit dem Geld gemacht, das Ihnen die Eltern der entführten Kinder überwiesen haben?«

»Das liegt auf einem Offshore-Konto. Davon wollte ich die Prothese und die Operation bezahlen. Aber nun …« Sie verstummte.

»Wir müssen Sie trotzdem festnehmen.«

»Das ist mir klar. Können Sie bitte auf die Handschellen verzichten? Ich möchte nicht wie eine Schwerverbrecherin abgeführt werden.«

»Wenn Sie keine Dummheiten machen.«

Sie schüttelte den Kopf.

»Glaubst du ihr?«, flüsterte Martin dem Kommissar zu, als sich Melanie Rohde einen Mantel überzog.

»Ich denke nicht, dass sie uns jetzt angelogen hat. Nun können wir mit dem Nummernschild nach dem Wohnmobil fahnden. Hoffentlich finden wir die Kleine rechtzeitig.«

Martin nickte. Wie Joost würde er alles tun, um den Eltern keine Todesnachricht überbringen zu müssen.

A1 Richtung Hamburg, Februar

Marek hätte dem Balg am liebsten den Hals umgedreht. Das Geschrei wurde immer unerträglicher. Er hatte die Lautstärke des Radios inzwischen so weit aufgedreht, dass die alten Boxen schepperten. Zudem musste er dringend lüften, aber er konnte die Fenster wegen der niedrigen Temperaturen nur kurz öffnen.

Inzwischen war es fast Mittag und er hatte noch immer kein geeignetes Versteck für das plärrende Kind entdeckt. Mit seinem Smartphone hatte er sich die Gegend um Hamburg angesehen. Da er dort aber nichts gefunden hatte, musste er bei der nächsten Ausfahrt von der Autobahn abfahren und sich nach einem geeigneten Ort umsehen.

Inzwischen ärgerte er sich über seine impulsive Handlung. Zunächst schien alles ganz einfach zu sein: *Anrufen. Absahnen. Abhauen.*

Leider war es doch komplizierter als zunächst angenommen. Zudem durfte er sich keinen Fehler leisten, denn wenn ihn die Bullen schnappten, würden sie ihm die anderen Entführungen sicherlich auch noch anhängen.

Zu allem Überfluss war die Anzeige für den Treibstoff inzwischen im roten Bereich. Zum Tanken fehlte ihm aber das Geld. Hoffentlich kam er mit der alten Kiste überhaupt bis zum nächsten Rastplatz.

Einem ersten Gedanken folgend wollte Marek nach dem Tanken einfach abhauen. Da die meisten Tankstellen aber inzwischen mit Überwachungskameras ausgestattet waren, verwarf er diese Idee schnell wieder. Er durfte keine Aufmerksamkeit erregen.

Marek drosselte die Geschwindigkeit, um so wenig Treibstoff wie möglich zu verbrauchen. Als er ein Tankstellenschild sah, atmete er erleichtert auf. Der Motor stotterte bereits, als er auf den Parkplatz fuhr und das Gefährt zwischen zwei Lastwagen abstellte.

Er stieg aus und sah sich auf dem Gelände um. An der Tankstelle erkannte er zwei Kameras, die auf die Zapfsäulen gerichtet waren. Wahrscheinlich würden sich auch im Kassenbereich Aufnahmegeräte befinden. Einen Überfall konnte er demnach ebenfalls vergessen. Die einzige Möglichkeit war ein klassischer Diebstahl. Vielleicht konnte er jemanden um seine Brieftasche erleichtern.

Mit in den Hosentaschen vergrabenen Händen schlenderte er scheinbar gelangweilt über den Parkplatz. Ein älterer Mann, der sich auf einen Rollator stützte, erregte seine Aufmerksamkeit. Marek grinste. Das Klappergestell war eine leichte Beute.

Zielstrebig ging er auf sein Opfer zu. Als er nur noch eine Armlänge von ihm entfernt war, tauchte plötzlich ein Jugendlicher von vielleicht siebzehn Jahren auf und rief: »He, Opa, hier sind wir!«

Der alte Mann winkte ihm zu und änderte seine Richtung. Marek fluchte leise.

Er sah sich noch weiter um, entdeckte aber weit und breit kein geeignetes Opfer. Unverrichteter Dinge kehrte er zum Wohnmobil zurück. Der Lastwagen an seiner linken Seite war inzwischen weggefahren. Marek öffnete die Fahrertür und stieg ein. Das Kind empfing ihn mit Geschrei. Das Geplärre trieb ihn noch in den Wahnsinn. Wenn er das Lösegeld kassieren wollte, musste er sich dringend etwas einfallen lassen.

Drei Stunden vor der vereinbarten Übergabe saß er noch immer grübelnd auf dem Parkplatz fest, ohne Geld und mit leerem Tank. Für einen Diebstahl war hier einfach zu viel los. Ohne Sprit könnte er später aber keinesfalls fliehen und zu allem Überfluss wusste er nicht einmal, wem die Karre gehörte. Vielleicht hatte er sich mit einem richtig üblen Typen oder einer brutalen Gang angelegt, die ihn für den Wagendiebstahl umlegen würden.

In seinem Frust schlug er mit der flachen Hand auf das Lenkrad. Beim nächsten Mal würde er sich mehr Gedanken machen müssen. Wenn es überhaupt ein nächstes Mal gab, denn momentan saß er in der Falle.

Er musste sich entscheiden. Wenn ihn jemand mit dem Kind erwischte, war er erledigt. Ohne die Kleine konnte er einen Wagen aufbrechen und verschwinden. Die Leiche des Schreihalses würde er einfach in einem der Müllcontainer am Rastplatz entsorgen. Das Lösegeld konnte er trotzdem einfordern, schließlich wusste außer ihm niemand von dem Tod des Kindes. Es war zum Verrücktwerden, und ihm lief die Zeit davon. Also traf er eine Entscheidung und ging in den hinteren Teil des Wohnmobils.

»Tut mir echt leid, Kleine! Ich weiß einfach nicht, was ich mit dir machen soll.«

Er ging zu dem Bett, beugte sich über das Kind und legte die Hände um den schmalen Hals. Das Mädchen sah ihn mit großen Augen an und strampelte mit Armen und Beinen, als ahnte es die drohende Gefahr. »Du wirst nichts spüren und …«

Hupen und lautes Gelächter ließen ihn innehalten. Marek ging zum Fahrersitz und sah aus dem Fenster. Neben ihm parkte ein Familienvan.

Vier Kinder, vielleicht zwischen fünf und zwölf Jahren alt, quollen aus der Seitentür und liefen auf den Parkplatz. Eine Frau stieg aus und rief sie zur Ordnung. Dann verschwand sie mit dem Oberkörper im Wagen. Kurz darauf hatte sie ein kleines Kind im Arm, das etwa so alt war wie die Kleine in seinem Wagen. Wahrscheinlich hatte sie es vom Kindersitz genommen. Der Vater war in der Zwischenzeit ebenfalls ausgestiegen.

Marek sah der Familie nach, die Richtung Restaurant ging. Bis sie dort gegessen hatte, würde es sicherlich eine Weile dauern. Da der Wagen direkt neben dem Wohnmobil parkte, konnte er ihn unbemerkt aufbrechen.

Marek stieg aus und sah sich um. Als er niemanden bemerkte, nahm er den Schraubenzieher und den Draht. Zum Glück hatte er die Sachen einfach in den Fußraum auf der Beifahrerseite geworfen. Knapp zwei Minuten später öffnete er die Tür der Familienkutsche und lugte ins Innere. Mit diesem Wagen konnte er die Entführung wie geplant durchziehen.

Zufrieden stieg Marek wieder in das Wohnmobil. Dort nahm er das schreiende Mädchen aus dem Bett und presste ihm die Hand auf den Mund. »Wenn du nicht sofort ruhig bist, werde ich dich für immer zum Schweigen bringen. Hast du das kapiert?« Aber die Kleine schien die Drohung nicht zu beeindrucken, denn als er sie auf den Beifahrersitz legte, plärrte sie ungerührt weiter.

»Was machen Sie denn da?«, hörte er plötzlich eine weibliche Stimme hinter sich.

Marek fuhr herum und stand plötzlich der Mutter gegenüber. Wahrscheinlich hatte die Familie etwas im Auto vergessen. Statt einer Antwort schlug er ihr direkt ins Gesicht – zumindest hatte er das vor. Zu seiner Überraschung wich sie ihm aber nicht nur geschickt aus, sondern rammte ihm auch noch ihr Knie zwischen die Beine. Marek presste die Hände in den Unterleib, als plötzlich seine Nase explodierte. Blut lief über sein Gesicht, er schrie auf und fiel auf die Knie. Sekundenbruchteile später fuhr ein stechender Schmerz wie ein Blitz durch seine Nerven. Marek registrierte noch am Rande, dass sie seinen Kopf gegen die Beifahrertür gestoßen hatte. Beinahe trotzig kam er wieder auf die Beine. Er würde sich doch nicht von einer Frau verdreschen lassen!

Als er ihr mit blutüberströmtem Gesicht gegenüberstand, schüttelte sie den Kopf, als wäre er ein Kind, das etwas Unartiges getan hatte. Er ballte die rechte Hand zur Faust. Aber bevor er einen Treffer landen konnte, packte sie seinen Arm und hebelte ihn auf den Rücken. Mit der freien Hand drückte sie seinen Kopf auf das Wagendach. Wie durch Watte drangen plötzlich aufgeregte Stimmen zu ihm. Aber Marek konnte nur einzelne Wortfragmente verstehen, die keinen Sinn ergaben. Dann … war Stille.

***

Joost Kramer nahm das Telefonat am frühen Nachmittag entgegen. Nach der Verhaftung von Melanie Rohde hatte er sofort eine Fahndung nach dem Wohnmobil eingeleitet. Das Gespräch dauerte nicht lange. Als er den Hörer auf den Schreibtisch legte, verzog er die Lippen zu einem übernächtigten Grinsen, das bald in lautes Lachen überging.

»Alles klar bei dir?« Martin Flerker sah ihn irritiert an. »Ich weiß, dass wir in den letzten Nächten zu wenig geschlafen und zu viel gearbeitet haben. Soll ich ein Zimmer im Hotel mit den gepolsterten Wänden für dich reservieren?«

Statt auf die Frage einzugehen, sprang der Kommissar auf und hüpfte wie ein Gummiball durch das Büro, wobei er weiterhin lauthals lachte.

»So langsam mache ich mir wirklich Sorgen!«, kommentierte sein Kollege das seltsame Verhalten. »Was ist denn los?«

»Die Kollegen haben die kleine Lena gefunden. Ist das nicht wunderbar?«

Martins Augen weiteten sich. Dann lachte auch er. »Das ist eine tolle Nachricht! Wo denn?«

»Auf einer Autobahnraststätte in der Nähe von Hamburg. Anscheinend wollte der Täter dort das Fahrzeug einer Familie stehlen. Als die Mutter ihn dabei erwischte, hat sie ihn nach allen Regeln der Kunst zusammengeschlagen. Niemand sollte sich mit einer Frau anlegen, die gerade einen Selbstverteidigungskurs besucht hat. Momentan ist er im Krankenhaus. Das Mädchen wird noch ärztlich untersucht, hoffentlich fehlt ihr nichts. Wir sollten gleich zu den Eltern fahren. Was hältst du davon, wenn wir danach ein paar Bier trinken gehen?«

»Aber nur, wenn du dich wieder halbwegs normal benimmst.«

»Martin, normal kann doch jeder.« Joost lachte.

Kurz nach Mitternacht öffnete der Polizist die Tür zu seiner Wohnung und trat leise in den Flur. Er zog sich die Jacke aus und ließ sie auf den Boden fallen. Achtlos kickte er die

Schuhe in die Ecke und schlich auf Socken ins Schlafzimmer. Seine Freundin Ricarda schlief bereits tief und fest. Joost zog sich aus und schlüpfte zu ihr unter die Decke. Kurz darauf war auch er eingeschlafen.

Am nächsten Morgen wurde Joost vom Geräusch klappernder Teller geweckt. Er blinzelte. Das Licht schien die kleinen Männchen, die von innen gegen seine Schädeldecke hämmerten, zu Höchstleistungen anzuspornen. Stöhnend setzte er sich auf und warf einen Blick auf den Wecker. Es war bereits kurz nach neun. Mit den ungelenken Bewegungen eines von Rheuma geplagten Mannes stand er auf und schlurfte in die Küche.

»Na, hast du nach deiner Randale gut geschlafen?« Ricarda drehte sich grinsend zu ihm um. »Deine Klamotten waren im ganzen Flur verstreut. Ich wusste gar nicht, dass du auf einer Party warst. Ich dachte, dass du arbeiten würdest.«

»Das habe ich auch.«

Ricarda legte eine Brötchentüte auf den Tisch. Der Geruch frischer Backwaren waberte zusammen mit Kaffeeduft durch den Raum. »Wann bist du denn schon aufgestanden?«, wollte Joost wissen.

»Vor einer Stunde. Ich habe heute um elf den ersten Kundentermin und muss bis dahin noch einige Bilder bearbeiten.«

»Das klingt doch gut.« Der Kommissar griff nach der Kaffeetasse. »Wie läuft es denn mit deinen Fotografien? Hast du momentan viele Aufträge?«

»Oh ja. Ich habe drei neue Werbeagenturen als Kunden gewonnen. Das hatte ich dir aber schon erzählt … in den letzten Tagen hast du anscheinend nur das entführte Kind im Kopf gehabt. Gibt es da etwas Neues?«, fragte sie und setzte sich zu ihm.

Joost nickte. »Die kleine Lena wurde gefunden! Deshalb habe ich mit Martin nach Feierabend noch ein Bier getrunken.«

»Nur eins?« Ricarda grinste ihn an.

»Okay. Vielleicht waren es ein paar mehr.«

»Du musst mir unbedingt alles erzählen.«

»Dazu muss ich erst mal was im Magen haben.«

Kurz darauf frühstückten sie zusammen. Der Polizist schmierte sich fingerdick Nutella auf seine Brötchenhälfte.

»Dann hat Emilys Mutter die Kinder entführt, damit sie die Operation ihrer Tochter zahlen kann?« Ricarda sah ihren Freund fragend an, der mit vollen Backen kaute.

»Scho ischt esch«, bestätigte er.

»Nun steht sie vor dem Scherbenhaufen ihres Lebens«, murmelte Ricarda nachdenklich. »Habt ihr die mysteriöse Olga, an die sich Emily erinnern kann, denn schon geschnappt?«

Joost schüttelte den Kopf und spülte die Brötchenreste mit einem Schluck Kaffee herunter. »Leider nein, auch wenn wir inzwischen alles untersucht haben. Wenn diese Olga in keiner Beziehung zum Opfer steht, werden wir den Fall möglicherweise niemals aufklären. Sie scheint der Schlüssel zu sein.«

Ricarda nickte. »Du kannst nun einmal nicht die ganze Welt retten. Ich freue mich, dass ihr die Entführungen aufgeklärt habt. Du wirst morgen sicherlich eine Schlagzeile in der Nordwest-Zeitung bekommen.«

»Ich will kein Held sein. Ich mache nur meinen Job.«

Ricarda zwinkerte ihm zu. »Frauen stehen aber auf Helden.«

»Wenn das so ist, verlange ich eine Sonderseite. Dann rennen mir die Mädels die Bude ein.«

»Dazu müssen sie erst einmal an mir vorbei!« Ricarda schüttelte demonstrativ den Kopf. »So einen Blödsinn solltest du dir am besten gleich aus dem Kopf schlagen. Was geschieht jetzt mit Emily?«

Der Kommissar hob die Schultern. »Nach der Reha wird sie nach Hause zurückkehren. Dort wird sie jetzt aber allein sein, weil ihre Mutter sicher eine Weile im Gefängnis verbringen wird. Ich habe keine Ahnung, wie sie den Alltag mit ihrer Behinderung meistern wird. Ihr Leben ist zu Ende, bevor es richtig begonnen hat.«

»Joost, das hatten wir doch schon. So darfst du nicht einmal denken.«

»Du hast ja recht. Aber …« Er schlug so fest mit der Hand auf den Tisch, dass Ricarda erschrocken zusammenzuckte.

»Das Schicksal ist manchmal eine launische Diva. Was hältst du davon, wenn wir Emily helfen?«, schlug Ricarda vor.

»Wie willst du das machen?«

»Wir könnten Spenden sammeln.«

»Diese Summen wirst du niemals aufbringen. Wir reden hier von mehreren hunderttausend Euro.« Joost sah seine Lebensgefährtin traurig an.

»Wir können es doch wenigstens versuchen. Ich lass mir etwas einfallen.«

»Wie du meinst. Ich muss wieder ins Büro. In den letzten Tagen ist dort eine Menge liegen geblieben, da wir uns auf die Entführungen konzentriert haben. Sehen wir uns später?«

»Das will ich doch hoffen. Schließlich muss ich noch einen Helden verehren.« Ricarda zwinkerte dem Kommissar zu.

Spendenaktion

Oldenburg, Februar

In ihrer Wohnung bearbeitete Ricarda die Fotos, die sie im Auftrag eines Kunden auf der ostfriesischen Insel Norderney gemacht hatte. Die Aufnahmen zeigten Wellen, Strandkörbe und eine wundervolle Dünenlandschaft. Sie hatte sich gleich bei ihrem ersten Aufenthalt in der Pension Friesenbrise in die Insel verliebt.

Nachdem Ricarda die Bilder auf einem USB-Stick gespeichert hatte, blieben ihr noch einige Minuten, bis sie sich auf den Weg machen musste. Diese nutzte sie für ein Telefonat.

»Wiebke Dierksen«, meldete sich kurz darauf die bekannte Stimme der Modedesignerin, mit der sie seit vielen Jahren befreundet war.

»Moin Wiebke, hier ist Ricarda. Bist du gerade in München?«

»Hallo, Ricarda! Nein, ich bin für ein paar Tage in Oldenburg.«

»Was? Warum hast du nichts gesagt? Wir hätten uns doch treffen können.«

»Ich bin erst gestern Nachmittag zurückgekommen. Die Produktion meiner Kollektion *Edition Federkleid* läuft inzwischen so gut, dass ich nicht ständig vor Ort sein muss. In drei Wochen werden die Kleidungsstücke an die Kaufhauskette von *Shopping Life* ausgeliefert werden.«

»Das ist eine tolle Nachricht. Ich freue mich so für dich.«

»Wollen wir heute Abend etwas trinken gehen?«, schlug Wiebke vor.

»Klar. Sehen wir uns um acht Uhr in der Cocktailbar am Bahnhof?«

»Klingt gut. Ich freue mich darauf.«

Nach einem arbeitsreichen Tag saßen sich die Freundinnen an einem kleinen Tisch gegenüber und blätterten in den Getränkekarten. Ricarda legte diese nach kurzer Zeit zur Seite und sah Wiebke an.

»Wollen wir die Drinks heute wieder nach der Farbe auswählen?«, wollte sie wissen.

»Warum nicht? Beim letzten Mal hatten wir viel Spaß dabei. Den Morgen danach werde ich allerdings nicht vergessen.« Die Modedesignerin verzog das Gesicht, als hätte sie in eine Zitrone gebissen.

»Das lag sicher nur daran, dass wir die roten Drinks nach den grünen und vor den blauen bestellt haben. Diesmal sollten wir die Reihenfolge ändern.«

Wiebke lachte. »Ich bin gespannt, ob das funktioniert. Und jetzt erzähl mal, wie geht es Joost? In der Nordwest-Zeitung habe ich heute gelesen, dass die Entführerin endlich verhaftet wurde. Stimmt es, dass die Mutter der verunglückten Schülerin die Taten begangen hat?«

»Das ist richtig«, bestätigte Ricarda. »Mit dem Geld wollte sie die Operation ihrer Tochter zahlen. Aber daraus wird leider nichts. Das arme Mädchen ist vollkommen auf sich allein gestellt. Ich würde ihr gerne helfen …«

Neugierig lehnte Wiebke sich vor. »Wie willst du das denn machen?«

»Was hältst du von einer Spendenaktion?«

Wiebke überlegte einen Moment. Dann nickte sie. »Warum nicht? Wenn Henrike mitmacht, können wir sicherlich viele Leute erreichen. Schließlich ist sie eine bekannte Schauspielerin.«

»Ich könnte eine Website erstellen und ein Treuhandkonto eröffnen, auf das die Spenden eingezahlt werden können«, spann Ricarda den Faden weiter. »Morgen werde ich Henrike anrufen und sie um ihre Unterstützung bitten.«

»Das ist eine gute Idee, schließlich kennst du dich damit aus. Ich würde mich übrigens freuen, wenn du das Fotoshooting für meine neue Kollektion machst. Ich brauche die Bilder für den Onlineshop.«

Ricarda nickte. »Das mache ich gerne. Vorher werde ich Emily in der Reha besuchen und mit ihr über die Website sprechen. Ich möchte nichts ohne ihr Einverständnis unternehmen.«

Wiebke nickte. »Hoffentlich können wir ihr helfen. Was hältst du davon, wenn wir mit einem roten Cocktail beginnen?«

»Rot ist eine gute Idee.«

Wenige Minuten später klirrten die Gläser.

***

Drei Tage nach einer Nacht, in der viel geredet und noch mehr gelacht wurde, fuhr Ricarda mit ihrem *Frosch*, wie sie den giftgrünen VW-Käfer getauft hatte, in die Oldenburger Reha-Einrichtung. An der Information fragte sie nach Emily Rohde.

»Ich werde versuchen, sie auf ihrem Zimmer zu erreichen«, versprach eine freundliche Auskunftsdame. »Bitte warten Sie so lange im Empfangsbereich.«

Eine Viertelstunde später wurde Emily von einem Pfleger im Rollstuhl zu Ricarda in die Eingangshalle geschoben. Bei ihrem Anblick erschrak die Fotografin. In den Zeitungen hatte sie nach dem Unfall Bilder eines lebenslustigen Mädchens gesehen, das voller Zuversicht in seine Zukunft schaute. Jetzt waren ihre Augen stumpf und leer.

»Was wollen Sie von mir?«, fragte Emily statt einer Begrüßung, nachdem sich der Pfleger mit den Worten »Sag einfach Bescheid, wenn du mich wieder brauchst« verabschiedet hatte.

»Moin, Emily. Mein Name ist Ricarda Albers. Ich bin …«

»Wenn Sie eine Journalistin sind, können Sie gleich wieder verschwinden«, unterbrach das Mädchen sie aufgebracht. »Nach der Verhaftung meiner Mutter sind die Reporter wie Hyänen über mich hergefallen. Ich will darüber nicht reden.«

Ricarda nickte. »Das kann ich gut verstehen. Deshalb bin ich auch nicht hier, ich möchte dir nur etwas zeigen. Wenn du danach nicht mit mir sprechen willst, werde ich sofort verschwinden. Ist das okay?«

Emily überlegte einen Moment. Dann nickte sie.

Ricarda nahm ihren Laptop aus der Tasche, klappte ihn auf und stellte das Gerät vor sich auf den Tisch. »Meine Freundinnen und ich wollen dir helfen, das Geld für die Operation zu beschaffen.«

»Ich will kein Mitleid. Darauf kann ich gut verzichten.« Emily funkelte Ricarda feindselig an.

»Mitleid bekommst du ganz sicher nicht von mir.« Ricarda wich dem Blick nicht aus. »Deine Mutter wollte dir mit den Entführungen helfen. Auch wenn sie einen falschen Weg gewählt hat, hatte sie dennoch das richtige Ziel.«

»Ja, und jetzt geht sie meinetwegen ins Gefängnis. Der Unfall hat nicht nur mein, sondern auch ihr Leben zerstört.«

Ricarda schüttelte den Kopf. »Du darfst dich niemals aufgeben.«

Emily schnaubte. »Diese dämlichen Motivationssprüche kann ich nicht mehr hören. Ich bin doch nur ein Krüppel, der zu nichts mehr nutze ist!«

»Das ist Blödsinn!« Ricarda funkelte sie wütend an.

»Wollen Sie mir etwa eine Lehrstunde in positivem Denken geben?« Emily lachte höhnisch auf. »Das haben die Psychofritzen hier auch schon versucht. Aber das funktioniert bei mir nicht. Im besten Fall werde ich später wie ein Pirat auf seinem Holzbein humpeln können. Damit kann ich vielleicht in Gruselfilmen mitspielen. So hatte ich mir meine Schauspielkarriere nicht vorgestellt.«

»Wer für ein Ziel kämpft, kann verlieren. Wer nicht kämpft, hat bereits verloren«, zitierte Ricarda einen Gedanken, den sie einmal in einem Buch gelesen hatte.

»Diese sogenannten Lebensweisheiten sind doch nur pseudointellektuelles Geschwafel.« Emily verschränkte demonstrativ die Arme vor der Brust und schüttelte den Kopf.

»Ach so. Gut, wenn du dich den Rest deines Lebens selbst bemitleiden willst, werde ich dich natürlich nicht länger belästigen.« Ricarda klappte den Laptop zu und verstaute ihn wieder in der Tasche. Dann stand sie auf. »Ich wünsche dir einen schönen Tag. Bitte entschuldige die Störung.« Ricarda hatte den Empfangsbereich bereits zur Hälfte durchquert, als sie Emilys Stimme hörte.

»Warten Sie.«

Ricarda drehte sich zu ihr um.

»Tut mir leid«, murmelte das Mädchen. »War nicht so gemeint. Wie … wollen Sie mir denn helfen?«

Ricarda setzte sich wieder. Kurz darauf betrachtete Emily erstaunt die Website.

»Die ist total professionell. Warum haben Sie sich die Arbeit gemacht?«

»Keine Ahnung. Vielleicht bin ich inzwischen eine sentimentale alte Frau.«

Emily lachte kurz auf. Dann verschloss sie die Lippen wieder, als hätte sie damit etwas Verbotenes getan.

»Meine Freundinnen Wiebke Dierksen, Henrike Sattler und ich sind der Meinung, dass wir dich damit am besten unterstützen können.«

»Henrike Sattler? Die Schauspielerin?« Emily sah Ricarda erstaunt an.

»Kennst du sie?«

»*Jeder* kennt Henrike Sattler. Für mich ist sie einer der großen Stars des deutschen Films.«

»Wir wollen in den sozialen Netzwerken auf die Spendenaktion aufmerksam machen. Aber bevor ich die Website online schalte, möchte ich dein Einverständnis. Solltest du mit der Aktion nicht einverstanden sein, wird sie nicht stattfinden. So einfach ist das.«

»Ich bin …« Emily verstummte einen Moment, bevor sie fortfuhr: »… überrascht. Außer Celine und meiner Mutter hat mir in den letzten Monaten niemand geholfen. Meine Freundin wird vollkommen aus dem Häuschen sein, wenn ich ihr von der Spendenaktion erzähle. Schließlich ist Celine in der engeren Auswahl als Darstellerin in Henrikes neuem Film *Scherbenpfad*. Können Sie ihr bitte sagen, wie dankbar ich ihr bin?«

»Das kannst du selbst tun. Soll ich dir ihre Handynummer geben?«

Emily schüttelte ungläubig den Kopf. »Ich kann doch nicht einfach mit ihr reden.«

»Warum denn nicht? Henrike wird sich über deinen Anruf sicherlich freuen.«

Ricarda diktierte die Telefonnummer der Schauspielerin und Emily speicherte sie in ihr Handy ein.

»Für die Website hätte ich gerne noch einige Fotos von dir. Sie wird dadurch lebendiger und lebensnaher. Hast du einige Aufnahmen, die ich verwenden kann?«

Emily scrollte durch die Bilder, die sie auf dem Smartphone gespeichert hatte. »Ich habe unzählige Aufnahmen aus der Zeit … *davor*. Auf den wenigen Fotos nach dem Unfall bin ich mit meiner Mutter und Celine zu sehen. Sie hat mich erst in der letzten Woche hier besucht. Da steht sie neben meinem Rollstuhl. Es freut mich, dass sie meine Rolle in der Serie Rosenliebe bekommen hat. So hat mein Unfall zumindest für sie etwas Gutes gehabt.«

Kurz darauf hatte Emily einige Bilder ausgewählt und auf Ricardas Handy geschickt. »Die können Sie gerne verwenden. Ich bin Ihnen …«

»Nicht so förmlich. Ich bin Ricarda.«

Zögernd nickte das Mädchen. »Glauben Sie … glaubst du … wirklich, dass wir das Geld für die Operation bekommen? Ich habe im Internet recherchiert. Die Kosten werden sich auf mindestens sechshunderttausend Euro belaufen. Wenn Komplikationen eintreten, wird es noch teurer.«

»Ich kann dir nichts versprechen, aber wir tun unser Möglichstes«, versprach Ricarda und griff nach Emilys Hand. »Was für Erinnerungen hast du eigentlich an den Unfall? Jedes Detail kann für die Ermittler wichtig sein.«

»Das haben mir die Polizisten auch erzählt«, gab Emily unwillig von sich und zuckte mit den Schultern. »Mein Gedächtnis scheint einige Minuten einfach gelöscht zu haben. Da ist ein dunkles Nichts, in dem nur der Name *Olga* wie eine Leuchtreklame aufblinkt. Die Ärzte sagen, dass die temporäre Amnesie nach einem so furchtbaren Erlebnis normal ist. Ich habe keine Ahnung, warum ich mich nur an eine unbekannte Frau erinnere.«

»Hoffentlich fällt es dir eines Tages wieder ein. Ich mache mich jetzt an die Arbeit. Wir sehen uns hoffentlich bald wieder.«

Ricarda verabschiedete sich und fuhr nach Hause. Beim Bearbeiten der Website betrachtete sie die Bilder von Emily, auf denen sie fröhlich und unbekümmert lachte oder mit Celine Grimassen schnitt. Ricarda seufzte. Manchmal war das Leben wirklich ein mieser Verräter. Ohne den Unfall hätte Emily den Traum von einer Schauspielkarriere verwirklichen können.

Am frühen Abend schaltete sie die Website frei und informierte ihre Freundinnen Wiebke und Henrike darüber.

Sie hatte den Laptop gerade heruntergefahren, als Joost zu ihr kam.

»Schön, dass du heute schon Feierabend hast«, empfing sie ihn.

»In den letzten Wochen habe ich viele Überstunden gemacht, das zahlt sich jetzt aus«, gab ihr Freund zurück und küsste sie zur Begrüßung. »Ich bin froh, dass alle Kinder inzwischen wieder bei ihren Familien sind. Auch wenn wir Mareks Beteiligung an den ersten Entführungen noch prüfen, denke ich, dass Emilys Mutter uns die Wahrheit gesagt hat. Irgendwie tut mir die Frau leid. Trotz ihrer Verbrechen scheint sie nur eine verzweifelte Mutter zu sein, die ihrem Kind helfen wollte.«

»Vielleicht können wir das Geld beschaffen.«

Ricarda erzählte ihm von dem Besuch in der Reha und von der Spendenaktion.

Der Kommissar nickte nachdenklich. »Hoffentlich könnt ihr Emily helfen.«

»Das wäre schön«, bestätigte Ricarda. Dann wechselte sie das Thema: »Was hältst du davon, wenn wir heute zu dem neuen Italiener am Schlossplatz gehen? Die sollen eine hervorragende Lasagne machen.«

»Das ist eine gute Idee. Ein ruhiger Abend wird mir guttun.«

»Von einem ruhigen Abend hat niemand etwas gesagt.« Ricarda zog Joost zu sich und küsste ihn.

»Was hast du denn vor?«

»Warum findest du es nicht einfach raus? Ich ziehe mir schnell etwas anderes an. Reservierst du in der Zeit schon mal einen Tisch?«

Überraschungsbesuch

Hamburg, März

»Du nervst mich. Was denn jetzt schon wieder los?« Celine Dorner drehte sich zu ihrer Kollegin, der jungen Schauspielerin Anja Kumer, um und musterte sie. Nach dem heutigen Drehtag an den Landungsbrücken der Hansestadt hatte sich die Achtzehnjährige in ihre Garderobe zurückgezogen.

»Ich wollte die morgige Szene in der Speicherstadt noch einmal mit dir besprechen«, sagte Anja. »Die Regieanweisungen sind unklar …«

»Schätzchen, im Gegensatz zu dir habe ich mein Skript gelesen. Unklar ist nur, warum du immer noch neben mir vor der Kamera stehen darfst. Du hast so viel Talent wie eine Mülltonne.«

»Du hast die Hauptrolle in der Serie Rosenliebe nur wegen des Unfalls deiner Freundin bekommen«, giftete Anja augenverdrehend.

Celine lachte. »Na und? Du bist doch nur neidisch, weil du schon beim Casting rausgeflogen bist.«

»Das stimmt nicht! Ich bin nur keine arrogante Zicke, die sich wie eine Diva hofieren lässt und die Crew mit ihren Extrawünschen nervt.«

»Verschwinde! Mach die Tür zu, wenn du gehst!« Celine stemmte die Hände in die Hüften und sah Anja herausfordernd an. Diese schien noch etwas sagen zu wollen. Dann zeigte sie Celine den ausgestreckten Mittelfinger, drehte sich um und ging.

Die Schauspielerin ließ sich auf einen Stuhl fallen. Viele Jungdarsteller in der Serie benahmen sich wie Kinder. Es wurde Zeit, dass sie endlich mit einer renommierten Schauspielerin wie Henrike Sattler zusammenarbeitete.

Die Agentur hatte ihr heute mitgeteilt, dass sie in der engen Auswahl für die Figur der Jacqueline in dem Film Scherbenpfad war. Celine war sicher, dass sie die Rolle bekommen würde, schließlich war sie eine der besten Nachwuchsschauspielerinnen Deutschlands. Noch vor ihrem dreißigsten Geburtstag würde sie ein internationaler Star sein.

Dazu brauchte sie nicht einmal viel Talent, sondern nur den unbeirrbaren Willen, auf dem Weg zum Erfolg alle Hindernisse zu beseitigen. Im Filmbusiness gab es keine Freunde, sondern nur Verbündete. Die Idioten, die an Fairness und Zusammenhalt glaubten, würden immer im Schatten der Stars stehen. Nach ihrer Rolle in Scherbenpfad würde sie sich vor Angeboten kaum retten können.

Celine lächelte ihrem Spiegelbild zu und strich sich eine Strähne ihres langen blonden Haares aus dem Gesicht. Sie wollte gerade ihr Make-up auffrischen, als das Handy auf dem Schminktisch vibrierte. Als sie das Bild der Anruferin auf dem Display erkannte, schüttelte Celine kaum merklich den Kopf. Sie wollte nicht ständig an eine Vergangenheit erinnert werden, die sie längst hinter sich gelassen hatte. Einen Moment lang überlegte Celine daher, Emily auf die Mailbox sprechen zu lassen. Dann aber entschied sie sich dagegen. Der Kontakt zu dem Unfallopfer brachte ihr schließlich noch immer viele Sympathien ein.

Wenn sie die Fotos ihrer Besuche in der Reha in den sozialen Netzwerken postete, wurden diese tausendfach geteilt und mit Kommentaren wie *Das ist echte Freundschaft* und *Celine ist ein Engel* kommentiert. Dabei stand sie nur hinter einem Rollstuhl und grinste in die Handykamera.

»Hallo, Emily«, säuselte sie. »Wie geht es dir?«

»So gut wie schon lange nicht mehr.«

»Das freut mich. Was ist passiert?«

Als Emily ihr von der Spendenaktion erzählte, ballte Celine die freie Hand zur Faust. Wenn sie diese Aktion gestartet hätte, wären ihr die Herzen der Fans nur so zugeflogen. Warum hatte sie nicht daran gedacht?

»Ich sehe mir die Website gleich an«, versicherte sie ihr. »Ich finde es toll, dass sich eine Schauspielerin wie Henrike Sattler so für dich engagiert. Ich werde die Seite natürlich auch über meine Social-Media-Kanäle teilen. Schließlich bist du meine allerbeste Freundin.«

»Ach, Celine«, sagte Emily seufzend. »Ich verstehe einfach nicht, warum du immer noch mit mir befreundet sein willst. Schließlich bist du jetzt so etwas wie eine Berühmtheit und ich nur ein … Krüppel.«

»Du wirst immer einen Platz in meinem Herzen haben.«

»Das ist so lieb von dir. Ich …«

Celine nahm das Handy vom Ohr, als Emily schniefte. Seit dem Unfall war sie eine richtige Heulsuse geworden. Die Schauspielerin hasste dieses sentimentale Gejammer! »Du, Emily, ich muss jetzt leider Schluss machen. Der Regisseur wartet«, log sie daher. »Bis bald.«

Nach dem Gespräch rief Celine auf dem Smartphone das mobile Internet auf und sah sich die Seite der Spendenaktion an. Die Website war erstaunlich professionell gestaltet. Nachdem sie den Link widerwillig geteilt hatte, ging sie ins Bad und schloss die Tür hinter sich. Dort schniefte sie eine Line Kokain, die sie von ihrem neuen Lover bekommen hatte. Mit dem Zeug konnte sie die ganze Nacht durchtanzen. Warum sollte sie das Leben nicht genießen?

Wenig später schlüpfte sie in ihre High Heels und verließ die Garderobe. Auf dem Flur wurde sie von einem fünfzigjährigen Mann erwartet, der sie mit einem eleganten Handkuss begrüßte. Celine kicherte. Natürlich war der Kerl nicht ihr Traummann, aber solange er ihre Karriere voranbrachte, würde sie auch die Nächte mit ihm verbringen.

»Das ist ja der totale Wahnsinn«, freute sich Ricarda fünf Tage nach der Onlineschaltung der Website. »Joost, sieh nur. Auf dem Spendenkonto sind fast zweihunderttausend Euro. Eine so große Resonanz habe ich nicht erwartet.«

»Das ist wirklich großartig.«

»Die Leute teilen den Link wie verrückt«, erzählte Ricarda. »Neben guten Wünschen für Emily gibt es auch böse Kommentare gegen diese Olga. Die Anfeindungen im Internet verbreiten sich wie ein Virus. Vereinzelt wird sogar zur Selbstjustiz aufgerufen. Hoffentlich findet ihr sie eines Tages und …« Ricarda verstummte, als ihr Handy klingelte. Sie sah auf das Display und lächelte. »Moin, Henrike«, begrüßte sie ihre Freundin.

»Hallo, Ricarda. Ich habe mir in den letzten Tagen einige Gedanken über den neuen Film Scherbenpfad gemacht«, kam die Schauspielerin gleich zur Sache. »Ursprünglich war Celine Dorner für die Rolle meiner Filmtochter Jaqueline vorgesehen.«

»Ist das nicht die Freundin von Emily, die mit der Serie Rosenliebe bekannt geworden ist?«

»Das ist richtig. In den letzten drei Tagen habe ich mich wegen des Drehbuchs zweimal mit ihr in München getroffen. Dabei hat sie mir Vorschriften gemacht, wie ich meine Rolle interpretieren soll.« Henrike schnaubte. »Ist das zu fassen? So einen arroganten Menschen habe ich noch nie erlebt!«

Ricarda runzelte die Stirn. »Was sagt denn dein Mann Dennis als Produzent dazu?«

»Wir haben uns lange über die Besetzung unterhalten. Danach haben wir entschieden, nicht mit Celine zu drehen, sondern Emily zu casten.«

Ungläubig hielt Ricarda inne. »Willst du ihr die Rolle geben? Sie hat doch keinerlei Erfahrung.«

»Wir wollen zunächst nur einige Szenen proben. Ich möchte ihr gerne eine Chance geben. Dennis und ich fahren morgen nach Oldenburg, um Emily kennenzulernen. Wenn es klappt, können wir ihre Filmrolle noch umschreiben. Was hältst du davon?«

»Ich bin vollkommen überrascht«, gestand sie. Ihre Freundin lachte.

»Wenn du morgen Abend noch nichts vorhast, können wir mal wieder einen Mädelsabend machen. Mit Wiebke habe ich schon gesprochen.«

»Natürlich habe ich Zeit für dich. Wie lange bleibst du?«

»Nur drei Tage. Danach machen wir eine Woche Urlaub auf Norderney, ich habe uns schon ein Zimmer in der Pension Friesenbrise reserviert. Nach der Auszeit starten wir dann mit den Vorbereitungen zum Film Scherbenpfad.«

»Bleibt eure Tochter in der Zeit wieder bei den Schwiegereltern?«

»Oh ja. Sie wird das Leben der beiden ganz schön auf den Kopf stellen. Inzwischen ist sie ein richtiger Wirbelwind und kaum zu bändigen.«

»Wie ihre Mutter. Wir sehen uns morgen.«

»Um acht Uhr in der Cocktailbar?«

»Ist notiert. Ich freue mich. Bis dann.«

***

Am späten Nachmittag des folgenden Tages war Emily Rohde auf ihrem Zimmer in der Oldenburger Rehaklinik. Mit den Krücken humpelte sie Richtung Badezimmer. Kleine Strecken konnte sie inzwischen allein zurücklegen. In Gedanken war sie bei der Spendenaktion, die sie vor wenigen Minuten auf ihrem Tablet aufgerufen hatte. Der Zuspruch war überwältigend.

Als das Zimmertelefon läutete, kehrte sie in ihr Zimmer zurück. »Moin«, meldete sich ein junger Mann von der Rezeption. »Hier ist jemand, der Sie gerne sprechen möchte.«

»Ich erwarte keinen Besuch. Wahrscheinlich ist es wieder jemand von der Presse.«

»Die Dame ist keine Journalistin. Ihr Name ist … Moment, bitte.« Emily hörte ein leises Murmeln, als der Rezeptionist die Besucherin nach ihrem Namen fragte. »… Henrike Sattler.«

Emily rang nach Luft. »Das kann nicht sein. Da erlaubt sich jemand einen Scherz. Die Frau ist eine berühmte Schauspielerin.«

»Ah, richtig! Ich habe mich die ganze Zeit gefragt, warum mir dieses Gesicht bekannt vorkommt«, meinte der Klinikmitarbeiter.

»Das ist unmöglich.« Emily schüttelte den Kopf, ohne dass ihr bewusst wurde, dass diese Geste am Telefon vollkommen sinnlos war. »Ich kann …«

»Hallo, Emily«, hörte sie plötzlich eine Stimme, die sie bisher nur aus dem Fernsehen und dem Theater kannte. »Mein Mann und ich würden uns gerne mit dir unterhalten. Wenn du magst, gehen wir zusammen abendessen. Vielleicht kennst du ein gutes Restaurant, in dem wir in Ruhe reden können.«

»Ich … Augenblick …« Emily war so verwirrt, dass sie nun stotterte.

»Wir warten an der Rezeption auf dich. Bis gleich.«

Emily beendete das Telefonat und dachte nach. Was konnte eine Schauspielerin wie Henrike Sattler von ihr wollen? Wahrscheinlich wollte sie etwas wegen der Spendenaktion wissen.

Kurz darauf fuhr Emily mit dem Rollstuhl zur Rezeption. Innerhalb des Gebäudes konnte sie sich damit inzwischen allein fortbewegen. Auf dem Weg dorthin kam ihr der Anruf immer surrealer vor. Hatte sie sich alles vielleicht nur eingebildet?

Die Antwort erhielt sie nur wenige Augenblicke später.

»Hallo. Ich bin Henrike, das ist mein Mann Dennis«, begrüßte sie die Schauspielerin.

»Mein Name ist Emily. Aber das wissen Sie ja schon.« Sie musterte das Ehepaar argwöhnisch. »Entschuldigen Sie die direkte Frage, aber was wollen Sie von mir?«

Henrike lächelte ihr zu. »Das würden wir gerne in Ruhe besprechen. Dürfen wir dich zum Essen einladen?«

»Ich werde nicht über meine Mutter reden«, bestimmte sie.

»Das werden wir sicherlich nicht. Es geht nur um dich.«

»Aber …«

»Lass dich überraschen. Ist das okay?«

Emily nickte. Sie wusste noch immer nicht, was sie von dem spontanen Besuch der Schauspielerin halten sollte.

Als sie in einem Restaurant in der Nähe der Einrichtung ihre Bestellung aufgegeben hatten, wandte sich Henrike an Emily.

»Bitte entschuldige die Geheimniskrämerei, aber dieses Gespräch sollte unter uns bleiben. Du möchtest sicherlich wissen, warum wir dich mit unserem Besuch überfallen«, begann sie und warf ihrem Mann einen Blick zu. Als dieser nickte, fuhr sie fort. »Wie du vielleicht weißt, beginnen wir bald mit den Dreharbeiten zu meinem neuen Film Scherbenpfad. In dem Drama geht es um eine Mutter, die mit ihrer Tochter in einem Leuchtturm an der Nordseeküste lebt.«

»Das weiß ich von meiner Freundin Celine«, bestätigte Emily. »Sie freut sich schon sehr auf die Zusammenarbeit mit Ihnen.«

»Wenn du mich siezt, fühle ich mich so alt.« Henrike zwinkerte ihr zu. »Ich wusste nicht, dass ihr Freundinnen seid, Celine hat dich mir gegenüber niemals erwähnt. Aber darum geht es jetzt auch nicht. Dennis und ich haben vor einigen Tagen beschlossen, dass wir nicht mit ihr zusammenarbeiten wollen.«

Emily sah die Schauspielerin mit großen Augen an. »Davon hat Celine mir noch nichts erzählt. Wer wird die Rolle denn übernehmen?«

Henrike und Dennis nickten sich in stillem Einverständnis zu. Dann wandte sich Henrike an Emily. »Wir haben uns deine Aufnahmen bei der Agentur angesehen und sie haben uns sehr gefallen. Wir würden gerne ein paar Probe-aufnahmen mit dir machen. Wenn wir uns gut verstehen und von deiner Arbeit überzeugt sind, würde ich mir wünschen, dass du die Rolle übernimmst.«

Emily schüttelte vollkommen perplex den Kopf. »Wenn das ein Scherz sein soll, kann ich nicht darüber lachen. Wie soll ich denn in einem Film mitspielen, wenn ich nicht einmal richtig laufen kann?«

»Deshalb kannst du trotzdem eine tolle Schauspielerin sein. Ich habe gestern mit dem Intendanten des Oldenburgischen Staatstheaters gesprochen, in dem ich früher oft aufgetreten bin. Dort können wir proben. Wenn du einverstanden bist, lasse ich dich von einem Fahrer abholen. Das angepasste Drehbuch habe ich mitgebracht. Vielleicht möchtest du es dir einmal ansehen.« Henrike griff in ihre Umhängetasche und holte einen Stapel Papier heraus. »Deine Passagen habe ich mit einem Leuchtstift markiert. Keine Sorge, du musst den Text morgen nicht auswendig können. Du kannst ihn ruhig vom Blatt ablesen. Bist du dabei?«

Ungläubig schüttelte Emily den Kopf. »Ich weiß nicht, was ich sagen soll. Das kommt alles sehr überraschend und … ich möchte Celine die Rolle nicht wegnehmen.«

»Sie wird in diesem Film ohnehin nicht spielen«, bekräftigte Henrike. »Ich möchte dich aber bitten, mit ihr erst dann zu sprechen, wenn wir die Rolle neu besetzt haben. Ist das okay?«

Emily nickte zögernd. In ihrem Kopf war ein einziges Chaos.

Während des Essens redeten sie nicht nur über den neuen Film. Für Henrike und Dennis schien ihre Behinderung etwas vollkommen Normales zu sein. Emily unterhielt sich mit ihnen so unbeschwert, als würden sie sich schon länger kennen. Als sie über eine Bemerkung von Dennis lachte, nickte Henrike ihr zu. »Ich wünsche dir von Herzen, dass du bald wieder mehr Grund zum Lachen hast.«

Am frühen Abend brachten sie Emily in die Rehaklinik zurück und verabschiedeten sich von ihr. In ihrem Zimmer blätterte sie in dem Drehbuch. Mit dem Gedanken, dass Celine ihr den Erfolg sicherlich gönnen würde, las sie sich die erste Szene durch.

Emily legte das Drehbuch erst am frühen Morgen zur Seite. Obwohl sie nicht geschlafen hatte, fühlte sie sich so energiegeladen wie schon lange nicht mehr.

Ein Taxi brachte sie mit ihrem zusammenklappbaren Rollstuhl am Vormittag zum Oldenburgischen Staatstheater. Henrike und Dennis begrüßten sie so freundlich, dass Emily sich in ihrer Gegenwart direkt wohlfühlte. Die Schauspielerin half ihr auf die Bühne. Zu ihrer Verwunderung schämte Emily sich nicht, als ein Spot auf den Rollstuhl fiel, in dem sie saß.

»Bist du bereit?«, wollte Dennis wissen, der zusammen mit dem Intendanten im Zuschauerraum saß.

»Ich bin schrecklich aufgeregt. Hoffentlich bekomme ich überhaupt ein Wort heraus.«

»Das ist Lampenfieber«, beruhigte Henrike sie und lächelte ihr aufmunternd zu. »Was hältst du davon, wenn wir einfach anfangen?«

Sekunden später stieg sie direkt in den ersten Dialog ein. Emily, die das Drehbuch in ihren zitternden Händen hielt, sprach zunächst so unsicher, dass man sie kaum verstand. Aber das schien Henrike nicht zu stören, denn sie machte einfach weiter. Mit jedem gesprochenen Wort verlor Emily etwas von ihrer Unsicherheit. Nach den ersten Passagen achtete sie nicht mehr auf Aussprache und Betonung, sondern gab der Filmfigur einen Raum, in dem sie sich entfalten konnte. Während der Probe verlor sie jedes Zeitgefühl. Als der Intendant eine Kaffeepause vorschlug, konnte Emily nicht sagen, ob erst Minuten oder schon Stunden vergangen waren.

Nach einer kurzen Stärkung machten sie weiter. Als Henrike Emily wegen eines Versprechers neckte, grämte sie sich deshalb nicht, sondern lachte über ihren eigenen Fehler. Nach der letzten Szene legte sich die plötzliche Stille wie ein unsichtbares Gewicht um ihren Körper und schien sie zu erdrücken.

»Was meinst du?«, wollte Henrike von ihrem Mann wissen. »War Emily gut?«

»Nein«, antwortete er. »Das war sie nicht.«

Bei der Antwort zerbrach etwas in Emily. Sie presste die Lippen aufeinander und schluckte gegen den Kloß in ihrem Hals an. Hatte sie ernsthaft geglaubt, neben einer Schauspielerin wie Henrike Sattler bestehen zu können? Wie hatte sie nur annehmen können, dass jemand mit einem Krüppel arbeiten wollte? Ihr Platz war nicht im Scheinwerferlicht der Bühne, sondern in der Dunkelheit einer trostlosen Existenz, die die Bezeichnung *Leben* nicht verdiente.

Dennis stand auf und kaum auf die Bühne. Dort sah er Henrike kurz an. Diese nickte ihm lächelnd zu, demnach schienen sie ihre Leistung gleich zu beurteilen.

Henrike ging zu Emily und beugte sich über den Rollstuhl. »Dennis hat recht. Du warst nicht gut. Du warst absolut fantastisch, Emily. In der Zusammenarbeit mit dir sehe ich nur das Problem, dass du mich an die Wand spielst.«

»Henrike und ich haben uns in der Pause schon kurz über deine Leistung unterhalten«, bestätigte Dennis. »Ich habe in meinem Leben schon mit vielen Schauspielern gearbeitet, aber keine von ihnen hatte dein Talent.«

»Ich würde mich freuen, wenn wir diesen Film zusammen machen würden.«

»Das geht nicht!« Der Intendant kam nun ebenfalls auf die Bühne und schüttelte vehement den Kopf. »Ihr könnt sie nicht haben, ich werde sie vorher für das Theater verpflichten.« Dann wandte er sich direkt an Emily. »Du warst wirklich unglaublich.«

Emily sah von einem zum anderen. Auch wenn sie sich mit aller Macht dagegen sträubte, konnte sie nicht verhindern, dass ihr Tränen über die Wangen liefen.

Henrike nahm ihre Hand und drückte sie. »Wollen wir es vor der Kamera versuchen?«

Emily nickte nur. Kein Wort konnte ihre Gefühle auch nur ansatzweise beschreiben.

»Dann sind wir uns also einig«, stellte Dennis lächelnd fest. »Den Vertrag werden wir dir in den nächsten Tagen zuschicken.«

Wieder nickte Emily. Auf die unbändige Freude fiel der Gedanke an Celine wie ein Schatten. Sie wusste, dass diese Rolle für Celine ein wichtiger Schritt in ihrer Karriere hätte sein können. Am Nachmittag kehrte sie daher mit gemischten Gefühlen in die Reha zurück. Auf ihrem Zimmer starrte Emily eine Weile gedankenverloren aus dem Fenster. Dann nahm sie ihr Handy und scrollte sich durch die Kurzkontakte. Einen Moment lang verharrte ihr Finger auf dem grünen Symbol des Hörers. Zögernd tippte sie darauf. Kurz darauf meldete sich eine vertraute Stimme.

Hamburg, März

Celine verbrachte den drehfreien Nachmittag in der Hamburger Innenstadt auf der Suche nach neuen Klamotten, mit denen sie Aufmerksamkeit erregen konnte. Modische Kleidung war für einen Filmstar ihrer Meinung nach unverzichtbar. Bald schon würde sie neuen Trends nicht nur folgen, sondern diese gestalten. Eines Tages konnte sie sogar über eine eigene Modefirma nachdenken. Schließlich hatte Henrike Sattler die Edition Federkleid der Designerin Wiebke Dierksen, aus deren Kollektion sie gerade eine Jacke in der Hand hielt, mit ihren öffentlichen Auftritten bekannt gemacht. Celine betrachtete sich damit gerade in einem Spiegel, als das Handy in ihrer Handtasche klingelte.

»Emily!«, begrüßte sie ihre Freundin mit geheuchelter Freundlichkeit, bevor sie in leicht tadelndem Tonfall fortfuhr: »Willst du mir etwas Besonderes mitteilen? Ich bin momentan sehr beschäftigt.«

»Das will ich tatsächlich. Ich weiß nur nicht, wie ich es dir sagen soll.«

»Ist es wegen des Unfalls oder der Verhaftung deiner Mutter?«

»Es hat damit nichts zu tun. Es geht auch nicht … um mich … sondern eher … um dich, auch wenn es … natürlich doch um mich geht.«

Celine verdrehte die Augen. »Warum redest du so einen Blödsinn? Was ist denn los?«

»Versprichst du mir, nicht böse zu werden?«

Celine lachte. »Ich wüsste nicht, was du tun könntest, um mich ernsthaft zu verärgern. Schließlich bist du doch meine beste Freundin«, fügte sie in zuckersüßem Ton hinzu.

»Das freut mich zu hören. Ich hatte heute eine Probe im Oldenburgischen Staatstheater und ...«

»Moment mal!«, unterbrach Celine ihre Freundin und hängte die Jacke klirrend zurück an die Stange. »Was machst du im Theater? Bist du jetzt in einer Laienschauspielgruppe für Behinderte?«

»Nein, das bin ich nicht. Ich habe dort mit Henrike Sattler geprobt.«

»Du hast ... *was*?« Celine zog das letzte Wort wie einen Kaugummi. »Die Medikamente scheinen dir nicht zu bekommen. Henrike Sattler lebt in München und bereitet sich dort auf die Dreharbeiten mit mir vor.«

»Darüber wollte ich mit dir sprechen.«

»Über den Film Scherbenpfad? Ach so, jetzt verstehe ich, worauf du hinauswillst.« Celine lachte gekünstelt. »Ich denke aber nicht, dass ich dir dort einen Auftritt als Statist besorgen kann. Auch wenn ich bei den Treffen mit Henrike immer wieder von dir gesprochen habe ...«

»Das stimmt nicht«, unterbrach Emily sie aufgebracht. »Du hast mich nicht einmal erwähnt. Außerdem wollte ich dich nicht um deine Hilfe bitten.« Celine konnte sich nicht daran erinnern, dass die Stimme ihrer Freundin jemals so verärgert geklungen hatte. »Ich möchte dir nur sagen, dass ich mit Henrike spielen werde.«

Langsam war Celines Geduldsfaden aufgebraucht. »Emily, wovon zum Teufel redest du?«

»Von der Rolle, die du bekommen solltest.«

»Das ist doch Blödsinn!« Ihre Stimme war eisig. »Die Agentur hat mir bereits eine mündliche Zusage gegeben. Der Vertrag ist nur noch eine Formsache. Abgesehen davon wirst du neben Henrike niemals bestehen können, schließlich bist du nur ein …« Sie verstummte.

»Sag es ruhig. Krüppel!«, ergänzte Emily. »Auch wenn ich in deinen Augen niemals gut genug sein werde, wurde ich engagiert, Celine.«

»Dann hast du mich also aus der Rolle gedrängt?«

»Das habe ich nicht getan«, verteidigte sie sich. »Henrike hat mich für die Rolle vorgeschlagen.«

»Warum, in Gottes Namen, sollte sie das tun? Mit mir hatte sie doch bereits die Idealbesetzung gefunden!«

»Celine, ich habe dir nichts weggenommen«, wiederholte Emily ruhig. »Das musst du mir glauben. Ich bin sicher, dass du schnell eine andere Rolle finden wirst.«

Celine schwieg einen Moment. Dann hatte ihre Stimme wieder den betont süßen Klang.

»Oh, Emily. Bitte entschuldige, dass ich im ersten Augenblick etwas … überrascht war. Ich freue mich unglaublich für dich. Was hältst du davon, wenn wir das feiern? Wenn ich direkt losfahre, kann ich so gegen acht Uhr bei dir sein.«

»Das wäre schön. In der Reha können wir aber nur mit Traubensaft und Milch anstoßen.«

»Das geht natürlich gar nicht! Du kannst doch inzwischen kurze Strecken mit Krücken laufen, oder?«

»Ja, aber nur ein paar Meter.«

»Wenn du einen zusammenklappbaren Rollstuhl auftreiben kannst, werden wir es heute Nacht mal wieder so richtig krachen lassen. Wie früher! Das wird ein Spaß.«

»Ich muss aber um zehn Uhr in meinem Zimmer sein«, wandte Emily ein.

»Seit wann bist du denn so ein braves Mädchen?« Celine lachte. »Ich bringe dich spätestens zum Frühstück zurück. Niemand wird merken, dass du nicht in deinem Bett warst. Oder sieht das Pflegepersonal jede Nacht in dein Zimmer?«

»Nein, das machen sie nur im Notfall. Ich bin aber nicht sicher, ob das eine wirklich gute Idee ist. Wenn mir etwas passiert, werde ich richtig Ärger bekommen.«

»Das hat dich früher doch auch nie gestört. Weißt du noch, wie wir uns genannt haben?«

»Aber klar.« Sie hörte das Lächeln in Emilys Stimme. »Die *Crazy Twins*.«

»Richtig. Damals waren wir die verrückten Zwillinge. Aber warum muss die tolle Zeit vorbei sein? In dieser Nacht sollten wir mal wieder unvernünftig sein. Hast du seit dem Unfall jemals wieder richtig gefeiert?«

»Nein. Dazu hatte ich schließlich keinen Grund.«

»Das hat sich heute geändert!«

»Aber … bist du wirklich nicht sauer? Ich habe gedacht, dass du verärgert wärst.«

»Kann ich dir jemals böse sein? Natürlich nicht«, beantwortete sich Celine ihre eigene Frage, bevor Emily noch darüber nachdachte. »Ich werde morgen bei der Agentur anrufen und mir neue Angebote vorlegen lassen. Du machst dich jetzt hübsch und ziehst dir ein paar flotte Klamotten an. Ich muss erst morgen Mittag wieder in Hamburg sein. Wir können also die ganze Nacht durchfeiern.«

»Ich weiß nicht. Ich denke, ich sollte damit noch warten, bis ich die Reha hinter mir habe und …«

»Mit dem Denken hörst du besser auf, bevor noch jemand verletzt wird! Was sind wir?«

»Die *Crazy Twins*«, antwortete Emily kaum hörbar.

»Richtig! Ich mache mich jetzt auf den Weg. Bis gleich!«

Celine beendete das Gespräch, bevor Emily noch etwas sagen konnte. Dann kehrte sie zum Hotel zurück, zog sich um und frischte ihr Make-up auf. Sie fuhr mit dem Fahrstuhl in die Tiefgarage, in der das Auto stand, das ihr die Eltern zum achtzehnten Geburtstag geschenkt hatten. Kurz darauf war sie auf dem Weg nach Oldenburg.

Oldenburg, März

Emily legte das Handy auf den kleinen Tisch neben sich. Die letzten Stunden kamen ihr wie ein Traum vor. Hoffentlich erwachte sie nicht wieder in einem Krankenhausbett, mit Schläuchen in den Armen und einer Atemmaske auf dem Gesicht.

Wie damals.

Wie gerne hätte sie jetzt mit ihrer Mutter gesprochen. Aber Emily hatte noch keine Besuchserlaubnis bekommen. Zum Glück hatte sie eine Freundin wie Celine, die extra aus Hamburg kam, um mit ihr zu feiern.

Was war denn schon dabei?

Emily humpelte auf ihren Krücken in das behinderten-gerechte Badezimmer. Inzwischen hatte sie eine gewisse Geschicklichkeit beim Waschen und Anziehen entwickelt. An diesem Abend band sie die rotblonden Haare nicht zu einem Pferdeschwanz zusammen, sondern ließ sie offen über die Schultern fallen. Zudem legte sie zum ersten Mal seit dem Unfall wieder etwas Make-up auf. Als sie aus dem Bad humpelte und sich in den Rollstuhl setzte, erinnerte nur das leere Hosenbein an den grauenvollen Vorfall.

Wenn sie die Jacke so auf die Oberschenkel legte, dass ein Teil des Stoffes über die Knie fiel, würde es niemand bemerken. Sie rollte zum Fenster, von dem aus sie einen

Blick auf die gepflegte Anlage hatte. Mit jeder verstreichenden Sekunde wurde sie etwas ungeduldiger.

»Celine!« Emily breitete die Arme aus, als ihre Freundin endlich an die Tür geklopft hatte. »Wie siehst du denn aus? Unter der Baseballkappe hätte ich dich beinahe nicht erkannt. Und seit wann trägst du eine Brille?«

Celine beugte sich über den Rollstuhl und drückte sie an sich. »Das erkläre ich dir später. Bist du bereit für die Nacht deines Lebens?«

Sie nickte. Celine umfasste die Griffe des Rollstuhls und schob ihre Freundin zu dem Wagen, den sie in einer der Nebenstraßen geparkt hatte. Nachdem sie Emily beim Einsteigen geholfen hatte, verstaute sie den zusammenklappbaren Rollstuhl im Gepäckraum.

»Du solltest heute Nacht besser keinen Unfall bauen«, meinte Emily besorgt, als Celine mit quietschenden Reifen losfuhr.

»Keine Sorge. Du kennst mich doch.« Sie zwinkerte ihr zu.

»Nicht so schnell«, mahnte Emily, als sie über einen mit Schlaglöchern versehenen Weg rumpelten. »Mein rechtes Bein verträgt die Erschütterungen nach dem Bruch noch nicht so gut.«

Statt auf ihre Bitte zu reagieren, gab Celine noch mehr Gas.

»Was soll das?« Emily sah ihre Freundin ängstlich an. »Du musst … Vorsicht!«, schrie sie, als ein anderes Fahrzeug aus einer Einfahrt auf die Straße bog. Celine fuhr noch schneller und überholte den Wagen kurz vor einer Kurve. Dort kam ihnen ein Lastwagen entgegen, der mit einer Lichthupe auf sich aufmerksam machte. Auch jetzt bremste sie den Wagen nicht ab, sondern raste weiter. Sekundenbruchteile vor einem Zusammenstoß riss sie das Steuer nach rechts. Dabei lachte sie aus vollem Hals.

»Bist du wahnsinnig? Willst du uns beide umbringen?«, schrie Emily.

»Oh nein. Ich werde nicht uns beide umbringen. Nur dich.«

Ostfriesland, März

Bevor Ricarda sich mit Henrike und Wiebke traf, wollte sie in ihrer Wohnung noch einmal einen Blick auf den Spendenstand werfen. Sie nahm den Laptop und rief Emilys Website auf. Bei einem der zahlreichen Einträge im Gästebuch, in dem ihr viele Menschen mit Sprüchen wie *Gute Besserung, Kopf hoch* oder *Du schaffst das schon* Mut machten, fand sie eine Nachricht, die sie stutzen ließ.

Hallo, Emily. Wir haben von deinem Unfall gehört und würden dir gerne mit einer speziell für dich angefertigten Prothese helfen. Diese kostet dich selbstverständlich nichts. Es würde uns freuen, wenn du dich unter der Telefonnummer ...

Ricarda stieß einen Freudenschrei aus, als sie den Absender las, denn die Nachricht kam von *Gerber Robotics*. Hoffentlich konnte Emily eines Tages wieder richtig laufen!

Ricarda betrachtete noch einmal die privaten Bilder, die sie auf der Website hochgeladen hatte. Auf jedem Foto strahlte Emily in die Kamera. Zunächst mit ihrer Mutter, dann mit ihren Freundinnen. Das letzte Bild wurde zwei Tage vor dem Unfall aufgenommen. Es war eines jener Selfies, die junge Mädchen heutzutage ständig zu machen schienen. Celine und Emily posierten Arm in Arm vor einem weißen Auto. Ricarda wollte die Website gerade schließen, als ihr plötzlich der Name *Olga* ins Auge stach. Da sie bisher nur auf die lachenden Gesichter geachtet hatte, war ihr das

Nummernschild im Hintergrund des Bildes nicht aufgefallen. Sie vergrößerte die Aufnahme, bis sie das Kennzeichen genau lesen konnte.

OL-GA 106

Ricarda nahm die Hand von der Computermaus, als hätte sich diese in eine glühende Kohle verwandelt. Hatte Emily dieses Nummernschild gesehen? War jemand am Tag des Unfalls damit gefahren oder war alles nur ein dummer Zufall? Sie musste unbedingt wissen, wem dieses Fahrzeug gehörte.

Ricarda scrollte durch das Kurzwahlverzeichnis und tippte auf Joosts Telefonnummer. Nach dem dritten Klingeln nahm er das Gespräch entgegen.

»Ricarda, was gibt es? Bist du noch nicht auf dem Mädelsabend? Auf dem Revier ist viel zu tun und ...«

»Ich habe möglicherweise Olga gefunden«, unterbrach sie ihn.

»Olga? Meinst du die mysteriöse Frau, von der Emily nach dem Unfall gesprochen hat?«

»Es ist vielleicht kein Mensch, sondern ein Nummernschild.«

Der Kommissar schwieg einen Moment. »Das wäre möglich. Gibst du mir das Kennzeichen bitte durch? Dann kann ich den Halter des Fahrzeugs ermitteln.«

Nachdem sie ihm die Informationen genannt hatte, hörte sie im Hintergrund das Klappern einer Computertastatur. »Das Fahrzeug ist auf einen Dr. Andreas Dorner zugelassen«, stellte Joost fest.

»Dorner? Meinst du den Vater von Celine Dorner?«

»Genau den meine ich«, bestätigte der Polizist. »Aber warum sollte er Emily überfahren? Das ergibt keinen Sinn. Wenn ich mich richtig erinnere, hatte Celine angegeben, dass ihre Eltern zum Unfallzeitpunkt verreist waren. Ich werde mir die Aussage aber noch einmal ansehen. Sollte er zum Unfallzeitpunkt nicht in Oldenburg gewesen sein, muss jemand anders damit gefahren sein. Meines Wissens wurde der Wagen aber nie als gestohlen gemeldet.«

»Celine«, flüsterte Ricarda. Der Name wirkte wie eine Bombe.

»Hatte sie zum Unfallzeitpunkt denn schon einen Führerschein?«

»Joost, sie kann doch trotzdem Auto fahren. Vielleicht hatte sie schon Fahrstunden.«

»Das ist möglich. Aber warum sollte sie so etwas tun?«

»Wegen der Hauptrolle in der Serie Rosenliebe.«

»Hauptrolle? Welche Hauptrolle?«

»Hatte Emily in ihrer Aussage nicht erwähnt, dass sie kurz vor dem Unfall eine Mail von ihrer Agentur bekommen hat?« Ricardas Herz schlug immer schneller.

»Das weiß ich nicht mehr. Aber das ist doch noch lange kein Grund, seine Freundin über den Haufen zu fahren.«

»Natürlich nicht. Trotzdem habe ich ein komisches Gefühl bei der Sache.«

»Ricarda, deine Gefühle interessieren mich in diesem Fall nicht. Die Polizeiarbeit beruht einzig und allein auf Fakten. Ich werde mir die Sache in den nächsten Tagen noch einmal in Ruhe ansehen.«

»Kannst du das nicht sofort erledigen?«

Der Kommissar seufzte. »Ich muss jetzt erst einmal mit Martin zu unserem Chef. Gernbauer ist schon wieder auf hundertachtzig. Danach …«

»… kann es längst zu spät sein.«

»Ricarda, du musst nicht gleich so melodramatisch werden. Was soll denn jetzt noch passieren? Emily ist in der Reha. Dort wird ihr bestimmt nichts geschehen. Ich melde mich gleich wieder.«

Joost beendete das Gespräch. Ricarda legte das Mobiltelefon neben die Tastatur und sah sich wieder das Bild der Freundinnen auf dem Laptop an. Wahrscheinlich verrannte sie sich tatsächlich in eine verrückte Idee.

Sie konnte Emily unter dem Vorwand anrufen, dass *Gerber Robotics* die Kosten für eine individuell angepasste Prothese übernehmen würde. Im Kurzwahlverzeichnis ihres Handys suchte sie Emilys Telefonnummer heraus und rief sie an. Zu ihrer Überraschung wurde das Telefonat bereits nach dem ersten Klingeln entgegengenommen. Demnach war also alles in Ordnung.

»Hallo, Emily. Ich möchte dir …«

Die Verbindung wurde unterbrochen. Ricarda stutzte. Warum nahm Emily das Gespräch an, nur um es kurz danach zu beenden? Vielleicht war ihr das Handy aus der Hand gerutscht. Möglicherweise war auch der Akku leer oder sie hatte versehentlich auf eine falsche Taste gedrückt. Als ihr Mobiltelefon klingelte und Emilys Nummer im Display angezeigt wurde, atmete sie erleichtert auf.

»Schön, dass du zurückrufst. Ich möchte dir eine gute Nachricht überbringen. Willst du sie hören?«

Zu ihrer Überraschung ging die Anruferin aber nicht auf die Frage ein.

»Emily? Ist alles in Ordnung?«

Statt einer Antwort hörte Ricarda nun zwei Stimmen. Der aggressiven Tonlage nach schienen sie zu streiten.

»Warum fahren wir Richtung Nordseeküste? Wo willst du denn hin?« Emily sprach so laut, dass Ricarda sie verstehen konnte.

»Zur Friesenbrücke.« Die andere Stimme war deutlich leiser.

»Was machen wir denn da? Wir wollten doch feiern gehen.«

»Ich werde auch feiern. Deinen Tod.«

Den Nebengeräuschen nach schien Emily in einem fahrenden Wagen zu sein.

»Celine, du machst mir Angst.«

»Die solltest du auch haben.«

Ricarda hörte ein Lachen, das nichts Menschliches mehr an sich hatte. Sie aktivierte die Lautsprecherfunktion und legte das Handy auf den Tisch. Dann nahm sie den mobilen Hörer der Festnetzeinheit und rief Joost noch einmal an.

»Hier ist die Mailbox von …«

Das durfte doch nicht wahr sein! Ungeduldig wartete Ricarda auf den Signalton, nach dem sie ihm eine Nachricht hinterlassen konnte. »Joost, Emily ist in Gefahr! Celine will sie umbringen. Du musst sofort eine Fahndung nach ihr einleiten.« Ihre Stimme überschlug sich vor Aufregung.

Plötzlich erklang aus ihrem Handy ein Schmerzensschrei, dem wieder dieses grauenvolle Lachen folgte.

»Emily? Kannst du mich hören?«, fragte Ricarda, bekam aber keine Antwort.

»Was willst du denn dort?«, vernahm sie stattdessen Emilys Stimme.

»Dich in der Ems ertränken. Du brauchst übrigens nicht so zu schreien. Ich bin schließlich nicht taub.«

»Lass mich in Ruhe. Was ist nur mit dir los?«

»Ich …« Die Verbindung brach ab.

»Emily? Emily, sag doch was!«

Ricarda schüttelte das Handy, als würde die Antwort herausfallen. Dann schnappte sie sich ohne weitere Überlegung den Wagenschlüssel, schlüpfte in ihre Schuhe und eilte aus der Wohnung. Wenige Minuten später raste sie auf der Autobahn Richtung Weener.

***

Celine stellte den Wagen auf einem kleinen Parkplatz ab, der um diese Jahreszeit selten genutzt wurde. Da sie sich in der Reha mit einer Baseballkappe und der hässlichen Brille mit den Fenstergläsern getarnt hatte, würde sie kein Mensch in dieser Aufmachung erkennen.

»Warum ausgerechnet hier?«, wollte Emily wissen.

»Sollte deine Leiche am Ufer angespült werden, gehen die Ermittler sicherlich davon aus, dass Jannik dich beseitigt hat, um die Affäre mit dir geheim zu halten. Deinem Tagebuch nach warst du richtig verknallt in den Junglehrer. Nach meinem Tipp wird die Polizei es unter deiner Matratze finden.«

»Woher weißt du von dem Tagebuch?« Emily wurde leichenblass.

»Ich habe mich in deinem Zimmer umgesehen, während deine Mutter bei der Arbeit war. Du hättest mir das Versteck des Ersatzschlüssels nicht verraten dürfen.« Celine grinste hämisch.

»Wir haben nie miteinander geschlafen«, verteidigte sich Emily.

»Dennoch hätte er sich als Lehrer keinesfalls heimlich mit einer minderjährigen Schülerin treffen dürfen. Hat er sich eigentlich deinetwegen nach Weener versetzen lassen?«

Emily nickte. »Es ist vorbei. Wir haben seit September keinen Kontakt mehr.«

»Das werden die Ermittler vielleicht anders sehen. Wichtig ist nur, dass kein Verdacht auf mich fällt.«

Celine wollte gerade zum Kofferraum gehen und den Rollstuhl herausholen, als sie das Bellen eines Hundes hörte. Demnach war noch jemand unterwegs.

Fluchend stieg Celine wieder in den Wagen. Plötzlich öffnete Emily die Beifahrertür und warf etwas hinaus, während sie gleichzeitig um Hilfe rief.

»Sei endlich still!« Celine griff in ihre Haare und zog sie zu sich. Mit der linken Hand schlug sie ins Gesicht, bevor sie sich über sie beugte und die Tür zuzog. Hoffentlich hatte der Spaziergänger nichts gehört. Sie musste sofort von hier verschwinden. Celine wollte das Fahrzeug anlassen, aber der Wagenschlüssel war verschwunden.

»Hast du ihn raufgeworfen?«, zischte sie wütend.

»Lass mich … gehen«, schluchzte Emily. Ihr Gesicht war von den Schlägen gerötet, Tränen liefen über ihre Wangen.

»Ich werde nicht zulassen, dass du meine Karriere ruinierst.«

»Ich habe niemals …«

»Halt die Klappe!« Celine griff erneut in Emilys Haare und presste ihr die andere Hand auf den Mund. In der Dämmerung nahm sie den Spaziergänger nur als Schatten wahr. Als er an dem Wagen vorbeiging, gebärdete sich Emily wie eine Verrückte. Celine hielt sie mit eisernem Griff fest, damit sie keinen Laut von sich geben konnte.

»Nimm den blöden Köter an die Leine«, murmelte sie kaum hörbar, als der Hund auf das Auto zulief und daran schnupperte. Der Spaziergänger sah dem Vierbeiner nach.

Einen grauenvollen Moment lang meinte Celine, dass er sie sehen konnte.

Dann pfiff er seinen Begleiter zu sich und leinte ihn an.

Celine wartete, bis er außer Sichtweite war. Dann zog sie die linke Hand zurück und hämmerte Emilys Kopf dreimal kurz hintereinander auf das Armaturenbrett. Benommen sackte sie in sich zusammen. Blut lief über ihr Gesicht.

Celine stieg aus und suchte im Kofferraum nach dem Abschleppseil. Damit fesselte sie die leise stöhnende Emily an den Sitz und knebelte sie mit einem alten Lappen. Zur Sicherheit inspizierte sie ihr Handy. Aber das Display, über das sich noch immer der hässliche Riss zog, war dunkel. Wahrscheinlich war der Akku wieder leer.

Celine machte sich auf die Suche nach dem Schlüssel. Aber das war bei den Lichtverhältnissen schwierig, schließlich hatte sie nicht einmal eine Taschenlampe dabei. Zu allem Überfluss wuchsen am Rand des Parkplatzes dichte Sträucher.

Celine fluchte. Auf allen vieren krabbelte sie über den schmutzigen Boden. Als sie mit den Händen in etwas Weiches griff, rümpfte sie angewidert die Nase. Hoffentlich war das nicht die Hinterlassenschaft eines Hundes. Für den Schlüssel würde sie aber auch alle Prüfungen des Dschungelcamps erdulden.

»Das darf doch nicht wahr sein!«, jammerte Celine kurz darauf. Inzwischen war ihre teure Designerhose vollkommen verschmutzt und unter ihren manikürten Fingernägeln befand sich undefinierbarer Dreck. Zum Glück kamen kaum Autos vorbei. Beim nächsten Fahrzeug unterbrach Celine ihre Suche daher nicht. Sie beachtete den Wagen erst, als er auf den Parkplatz fuhr.

Celine sprang auf und verbarg sich hinter den Sträuchern. Dornige Äste rissen an ihrer Kleidung und verletzten sie im Gesicht. Hoffentlich wollte der Fahrer nur wenden! Schließlich wusste niemand, dass sie mit Emily hier war.

Sie hielt den Atem an, als der Motor erstarb und die Fahrertür geöffnet wurde. Eine Frau stieg aus. Celine tastete auf dem Boden nach einer Waffe. Als ihre Finger über einen dickeren Ast strichen, griff sie danach. Den Ast wie eine Keule haltend, trat Celine in dem Moment aus ihrem Versteck, als die Unbekannte auf den Wagen zuging. Mit aller Kraft schlug sie ihr die provisorische Waffe auf den Hinterkopf. Mit einem erstickten Laut ging die Frau in die Knie. Einen Moment sah es so aus, als würde sie wieder aufstehen. Dann fiel sie leblos zu Boden.

***

Ricarda erwachte mit grauenvollen Kopfschmerzen. Instinktiv wollte sie mit den Händen über die schmerzende Stelle streichen, aber sie konnte sich nicht bewegen.

Als sie die Augen öffnete, wähnte sie sich zunächst in einem Traum, denn sie saß auf dem Fahrersitz ihres Käfers, die Hände waren mit einem Gürtel ans Lenkrad gefesselt. Emily war neben ihr auf dem Beifahrersitz und starrte sie angstvoll an.

»Schön, dass du nicht die ganze Show verpennst.«

Ricarda sah in die Richtung, aus der die Stimme kam. Neben der geöffneten Wagentür stand eine blonde junge Frau. Sie erkannte Celine von den Fotos.

»Was soll das?«, fragte Ricarda sofort.

»Das könnte ich dich auch fragen. Was willst du hier?«

»Ich wollte nur einen Spaziergang machen.«

»Blödsinn! Du bist doch nicht zufällig gekommen. Hast du etwa während der Fahrt mit Emily telefoniert? Hat sie deshalb so laut gesprochen?«

»Was hast du vor?«, wollte Ricarda wissen, ohne auf Celines Fragen einzugehen.

Die Angesprochene sah sie mit einer Unschuldsmiene an, mit der sie bestimmt schon viele Menschen getäuscht hatte.

»Ich werde gleich nach Hamburg zurückkehren. Du wirst mit Emily leider einen tragischen Unfall haben und in der Ems ertrinken. Da ich nicht davon ausgehe, dass wir uns jemals wiedersehen, verabschiede ich mich jetzt von euch.«

»Das kannst du nicht machen!«

»Selbstverständlich. Das ist sogar ganz einfach. Ich muss die Rostlaube nur anschieben. Im Leerlauf wird der Wagen über die Böschung rollen und direkt in den Fluss fallen. Ist das nicht tragisch?«

»Warum?« Emily drehte sich zu Celine um. Ihre gefesselten Hände lagen im Schoß. »Wir sind doch Freundinnen.«

»Freun-din-nen?« Celine zog das Wort wie einen Kaugummi in die Länge. »Mit deinem Verrat wolltest du meine Karriere zerstören.«

»Das stimmt nicht!«

»Ach nein? Wer hat sich denn die Rolle in Rosenliebe erschlichen und mich dann aus dem Engagement von Scherbenpfad gedrängt?«

»Das stimmt nicht! Ich würde nie …«

»Halt den Mund«, unterbrach Celine sie barsch. »Du wirst mir niemals das Wasser reichen können. Nun werde ich zu Ende bringen, was ich damals begonnen habe.«

Jede Farbe wich aus Emilys Gesicht. »Dann hast du … den Unfallwagen … gefahren?«

»Mit deiner Kombinationsgabe solltest du zur Kripo gehen, aber … ups … die nehmen sicherlich keine Krüppel«, meinte Celine hämisch. »Leichen stellen sie bestimmt auch nicht ein. Nun wirst du mir nie wieder in die Quere kommen.«

»Die Polizei weiß Bescheid!«, sagte Ricarda. »Es ist vorbei.«

Celina lachte auf. »Das ist doch nur ein Bluff.«

»Olga ist das Kennzeichen OL-GA 106«, fuhr Ricarda unbeirrt fort.

»Gut beobachtet. G steht für Gisela und A für Andreas. Das sind die Anfangsbuchstaben der Namen meiner Eltern. Aber dieses Wissen wird dir nun nichts mehr nützen.«

Emily starrte die junge Frau, die sie für ihre Freundin gehalten hatte, fassungslos an. Ihr Gesicht war eine steinerne Maske des Entsetzens. »Ich habe dir vertraut«, flüsterte sie. »Du warst wie eine Schwester für mich. Bedeutet dir unsere gemeinsame Zeit denn gar nichts?«

»Echt jetzt?« Celine schüttelte den Kopf. »Wie dämlich bist du eigentlich? An deiner Seite habe ich mich zu Tode gelangweilt. Für mich ist das Leben eine einzige Party! Jetzt wird es Zeit, sich zu verabschieden. Leb wohl, du … *Verräterin*!« Das letzte Wort spie sie Emily ins Gesicht.

»Bitte, Celine«, hauchte diese und schloss die Augen. »Lass zumindest Ricarda gehen.«

»Das werde ich sicherlich nicht. Ich wünsche euch einen qualvollen Tod!« Celine schlug die Wagentür zu.

Sekunden später rollte der Wagen an. Verzweifelt versuchte Ricarda sich von den Fußfesseln zu lösen, um das Fahrzeug abzubremsen. Aber es gelang ihr nicht.

Ihr *Frosch* wurde immer schneller, bis er plötzlich stillstand. Einen wundervollen Moment lang hoffte Ricarda, dass Celine keine Kraft hatte, um den Wagen über die Grasnarbe zu schieben. Aber dann kippte er nach vorne weg und rutschte über die Böschung, bis er ins Wasser fiel.

Ricarda schrie. Aber außer Emily hörte sie niemand.

***

»Gernbauer hat mal wieder eine Scheißlaune!«, grummelte Joost, als er mit Martin nach der Besprechung ins Büro zurückkehrte. »Dabei feiert ihn die Presse doch als Helden, der die Entführerin der Kinder gefasst hat. Ricarda hat mich vor der Besprechung übrigens angerufen. Ihrer Meinung nach handelt es sich bei der geheimnisvollen Olga um ein Nummernschild.«

»Hoffentlich will sie den Fall nicht wieder auf eigene Faust lösen.« Martin sah seinen Kollegen besorgt an. »Manchmal ist sie sehr impulsiv.«

»Wem sagst du das?«, erwiderte der Kommissar und schlug die Hände über dem Kopf zusammen. »Ich spreche kurz mit ihr.« Er fischte sein Handy aus der Hosentasche, das während der Besprechung vibriert hatte. Nach dem Abhören der Mailbox rief er Ricarda sofort an.

»Seltsam. Sie geht nicht ran.« Joost runzelte die Stirn und sah seinen Kollegen an.

»Was ist denn los?«, wollte Martin wissen.

»Ricarda meint, dass wir sofort eine Fahndung nach Emily einleiten sollen, weil Celine sie offenbar umbringen will. Hoffentlich mischt sie sich nicht wieder in unsere Angelegenheiten ein. Ich rufe Wiebke an. Vielleicht ist Ricarda beim Mädelsabend und hört das Handy nicht.« Kurz darauf schüttelte Joost resignierend den Kopf. »Sie ist weder in der Bar noch in der Wohnung. Langsam mache ich mir ernsthafte Sorgen.«

»Das verstehe ich gut. Da du nicht weißt, wo Ricarda gerade ist, kannst du ihr aber nicht helfen.«

»Das könnte ich herausfinden. Nach der letzten gefährlichen Aktion habe ich ihr ein GPS-Ortungsprogramm auf das Handy gespielt. Das arbeitet im Hintergrund.«

»Das hast du ohne ihr Wissen installiert?« Martin runzelte die Stirn.

Joost senkte den Kopf wie ein Kind, das bei etwas Verbotenem ertappt wurde. »Der Gedanke, dass ich ihr nicht helfen kann, macht mich wahnsinnig.«

»Ricarda wird verdammt sauer werden, wenn sie von deiner Überwachung erfährt.«

»Ich überwache sie nicht«, rechtfertigte sich der Kommissar. »Ich will im Notfall nur bei ihr sein.«

»Handelt es sich jetzt um einen Notfall?« Martin sah seinen Kollegen ernst an.

»Das weiß ich nicht«, gab Joost zu. »Ich rufe Wiebke noch einmal an. Wenn Ricarda immer noch nicht bei ihren Freundinnen ist, werde ich sie orten.«

Kurz darauf beendete er das Telefonat. »Sie ist bisher nicht aufgetaucht.«

»Dir ist schon klar, dass du damit eure Beziehung aufs Spiel setzt«, warnte ihn Martin.

»Ich habe Angst um sie. Kannst du das nicht verstehen?«

Joost überlegte einen Moment, denn mit der Überwachung konnte er Ricardas Vertrauen zerstören. Aber seine Angst war größer als alle Einwände. Er tippte auf eine der Apps, die er auf seinem Handy installiert hatte. Kurz darauf wurde ihm ihr Standort auf einer Straßenkarte angezeigt. Der Kommissar runzelte die Stirn. »Dem roten Punkt nach ist sie jetzt kurz vor Westerstede und fährt Richtung Nordseeküste. Wo um alles in der Welt will sie denn hin?«

»Kannst du dir keine Freundin suchen, die weniger anstrengend ist?« Martin schüttelte den Kopf.

»Ich will keine andere. Die sind mir zu langweilig. Wenn sie einen Mädelsabend sausen lässt, muss etwas Schlimmes passiert sein. Ich fahre ihr nach.«

»Ist das unbedingt notwendig?« Martin seufzte.

»Du musst mich keinesfalls begleiten.«

»Jemand sollte besser auf dich aufpassen. Diese Aktion kostet dich allerdings eine Kneipentour.«

»Aber ich fahre«, bestimmte Joost.

Die Polizisten verließen das Präsidium und eilten zu ihrem Streifenwagen. Sie folgten dem roten Punkt auf Joosts Handy, bis die Scheinwerfer in der Nähe der zerstörten Friesenbrücke einen grünen VW-Käfer erfassten, der an einer Böschung hinabrollte.

»Was ist denn hier los? Das ist doch Ricardas *Frosch*«, rief Joost. Fassungslos sah er zu, wie der Wagen in den dunklen Fluten der Ems verschwand. Sie wollten gerade auf den Parkplatz fahren, als ein anderes Auto das Fernlicht einschaltete und sie blendete.

Um eine Kollision zu vermeiden, riss der Kommissar das Steuer nach rechts. Der Wagen prallte gegen einen Betonpfosten. Die Wucht des Aufpralls schleuderte die Polizisten nach vorn. Während sie von den Airbags aufgefangen wurden, raste das andere Fahrzeug vom Parkplatz und verschwand, ohne dass sie das Nummernschild erkannten.

Joost schüttelte benommen den Kopf. Dann öffnete er die Beifahrertür und lief zum Fluss.

»Warte!«, rief ihm Martin nach.

Aber der Kommissar wartete nicht.

Er sprang.

Seine Kleidung sog sich binnen weniger Sekunden voller Wasser und zog ihn in die Tiefe, die an diesem Tag etwa drei Meter zu betragen schien. Die Kälte drohte ihn zu lähmen. Auf dem Grund erkannte er die Umrisse des Käfers. Er schwamm zum Wagen und klopfte an die Scheibe. Diese war einen Spaltbreit geöffnet. Wasser lief herein. Als Ricarda sich zu ihm umdrehte, verdeutlichte er ihr mit einem Zeichen, das Fenster runterzukurbeln. Aber sie schüttelte den Kopf und deutete danach mit einem Kopfnicken auf ihre Hände, die am Lenkrad festgebunden waren.

Er musste … dringend Luft holen.

Joost schwamm nach oben und saugte gierig den Leben spendenden Sauerstoff ein.

»Komm da raus, du Idiot!«, rief ihm Martin vom Ufer aus zu. »Ich habe den Notruf verständigt.«

»Das dauert zu lange!« Der Kommissar tauchte wieder unter und schwamm zum Wagen. In den Filmen stemmten die Helden die Türen mit bloßen Händen auf und retteten die Insassen. In der Wirklichkeit war es keinesfalls so einfach. Zum einem war es fast unmöglich, die Tür gegen den Wasserdruck zu öffnen. Zum anderen würde Ricarda ertrinken, wenn sie gefesselt war. In der Luftblase des

Wagens konnte sie noch wenige Minuten – oder blieben ihr nur noch Sekunden? – überleben.

Als Ricarda ihn bemerkte, deutete sie mit einem Kopfnicken neben sich. Ihre Lippen formten ein Wort, das er nicht verstehen konnte. Joost schwamm um den Wagen herum. Auf dem Beifahrersitz saß eine andere Frau und sah ihn ängstlich an.

Seine Lunge zog sich zusammen, die Muskeln verkrampften sich in dem kalten Wasser. Mit immer schwächer werdenden Bewegungen schwamm er nach oben und holte Luft. Inzwischen spürte Joost die Kälte bis auf die Knochen. Seine Arme und Beine fühlten sich wie abgestorben an. Martin stand am Ufer und redete wild gestikulierend in sein Handy. Als er ihn sah, rief er ihm zu: »Jetzt komm endlich raus, du Idiot!«

Der Kommissar sah ihn einen Moment lang an. Dann schüttelte er den Kopf und tauchte wieder unter.

***

Als ihr heißgeliebter *Frosch* in den eisigen Fluten unterging, war Ricarda seltsamerweise vollkommen ruhig. »Wir müssen hier raus!«, schrie Emily panisch.

»Das können wir nicht!«, antwortete sie. »Mit deinen gefesselten Händen kannst du nichts machen. Ich hoffe nur, dass Celine für ihre Verbrechen bezahlen muss.«

Ricarda schloss die Augen. In Gedanken verabschiedete sie sich von allen Menschen, die ihr etwas bedeuteten. Von ihren Eltern, die sie lange nicht mehr gesehen hatte. Von Wiebke und Henrike, die um diese Zeit sicherlich schon in der Bar waren und Cocktails tranken. Vor allem aber von Joost, auch wenn er ihr mit seiner Pedanterie immer wieder auf die Nerven ging.

In den letzten Monaten war sie sich ihrer Gefühle unsicher gewesen. Im Angesicht des Todes zweifelte sie aber nicht mehr an ihrer Liebe für ihn. Bei der Vorstellung einer turbulenten Beziehung, in der immer wieder die Fetzen flogen, lächelte sie. In ihrer Fantasie sah sie ihn vor sich, hörte ihn an die Scheibe klopfen …

An die Scheibe klopfen?

Ricarda öffnete die Augen. Es dauerte einige Augenblicke, bis sie erkannte, dass Joost kein Trugbild war. Die plötzlich aufflammende Hoffnung auf eine Rettung verlosch aber so schnell wie das Leuchten eines Glühwürmchens. Er konnte ihr unmöglich helfen, denn der Wagen lief voller Wasser. Es war nur noch eine Frage der Zeit, bis die Luftblase so klein wurde, dass sie nicht mehr atmen konnten. Nachdem sie Joost mit einem Kopfnicken auf die gefesselten Hände hingewiesen hatte, verschwand er und mit ihm die Hoffnung auf ein gemeinsames Leben.

∗∗∗

Celine fuhr vom Parkplatz. Ihr Herz raste. Dieser Abend war eine einzige Katastrophe! Statt Emily in aller Stille in der Ems zu ertränken und den Verdacht auf den Lehrer zu lenken, hatte sie nun eine Zeugin beseitigen müssen. Als sie den Streifenwagen auf der Brücke bemerkt hatte, war sie zu ihrem Auto gelaufen, hatte die Beamten mit dem Fernlicht geblendet und Gas gegeben. Zum Glück hatte sie die Schlüssel im Scheinwerferlicht des Käfers wiedergefunden. Ohne den glitzernden Herzanhänger hätte sie ihn wahrscheinlich nicht entdeckt.

Sie hätte sich damals von Emilys Tod überzeugen müssen! Nach der erschreckenden Nachricht, dass ihre größte Konkurrentin schwer verletzt überlebt hatte, war sie sofort ins Krankenhaus geeilt. Unter dem Vorwand, ihrer Freundin helfen zu wollen, hatte sie an ihrem Bett gesessen und Krokodilstränen vergossen. Dabei wollte Celine nur wissen, woran sie sich erinnerte. Da Emily aber an einer Amnesie litt, hatte sie den vermeintlichen Unfall genutzt, um sich der Öffentlichkeit als selbstlose Freundin eines Krüppels zu präsentieren.

Nun konnte ihr die Verräterin nicht mehr in die Quere kommen!

Celine hatte die Seitenfenster nur einen Spalt geöffnet, damit das Wasser langsam in das Fahrzeuginnere eindrang und die Opfer in ihren letzten Minuten qualvolle Todesängste ausstanden. Bis zur Bergung des Wagens würden beide sicherlich ertrunken sein. Da keine Spuren zu ihr führten, konnte Celine nach der Todesmeldung von Emily medienwirksam zusammenbrechen und mit ihrer geheuchelten Trauer sogar neue Fans gewinnen. Bis die Polizei bei ihr auftauchte, musste sie sich nur noch ein glaubhaftes Alibi verschaffen. Doch die Lügen waren ihr schon als kleines Mädchen leicht über die Lippen gekommen. Sie würde in der Rolle der trauernden Freundin eine schauspielerische Meisterleistung vollbringen.

***

Ricardas letzter Blick galt Joost, der wieder neben der Scheibe aufgetaucht war. Luftblasen quollen aus seinem Mund. Nachdem er ihr mit einem Handzeichen verdeutlicht hatte, dass er zurückkehren würde, verschwand er in der Dunkelheit.

Sie zweifelte nicht daran, dass der Abschied für immer sein würde, denn das Wasser ging ihr inzwischen bis zum Kinn. Wie Emily legte auch sie den Kopf in den Nacken, um das Unausweichliche noch etwas hinauszuzögern. Aufhalten konnte es niemand mehr.

Ricarda hatte inzwischen jedes Zeitgefühl verloren.

Sie hoffte nur, dass Joost ihren Todeskampf nicht mitansehen würde. Er sollte sie so in Erinnerung behalten, wie sie gewesen war: lachend und voller Leben.

Ihr war kalt.

So kalt.

Würde ihr nächster Atemzug der letzte sein?

Plötzlich bebte das Wageninnere. Ricarda sah die Umrisse eines Mannes, der die Windschutzscheibe eingeschlagen hatte und nun die Fesseln am Lenkrad zerschnitt. Starke Arme packten sie unter den Achseln und zogen sie durch die Öffnung aus dem Wagen. Ricarda zerrte am Arm ihres Retters und deutete auf die junge Emily. Dieser schüttelte den Kopf und schwamm mit ihr nach oben. Wenige Augenblicke später durchbrach Ricarda die Wasseroberfläche und atmete tief ein.

»Emily! Sie müssen ihr helfen!«, schrie sie hustend.

»Darum kümmert sich mein Bruder. Kommen Sie.«

Der Ungekannte zog Ricarda mit einem Rettungsgriff ans Ufer. Dort wartete bereits jemand und half ihr aus dem Wasser. Hustend und keuchend lag Ricarda auf dem Boden. Die Sterne tanzten in einem bunten Reigen, schneller, immer schneller, bis sie in einem Strudel aus blinkenden Punkten unterzugehen drohte.

»Bleib bei mir!«

Jemand schlug ihr mit der flachen Hand ins Gesicht. Die Gestalt, die zunächst noch ohne Kontur gewesen war, gewann zunehmend an Schärfe, bis Ricarda sie erkannte.

»Joost?«

Er beugte sich über sie. Wasser tropfte auf ihr Gesicht. Seine Lippen bebten.

»Mach so einen Scheiß nie wieder, hast du mich verstanden?«

»Ihr könnt später immer noch streiten. Wir müssen jetzt unsere Arbeit machen.«

Ein Ersthelfer drängte den Kommissar zur Seite, löste die Fußfesseln und wickelte Ricarda in eine warme Decke. Ein Notarzt kümmerte sich um Emily, die reglos neben ihr lag.

»Was ist mit ihr?«, wollte sie von dem Sanitäter wissen.

»Keine Ahnung. Wir bringen Sie und den verrückten Polizisten jetzt erst einmal ins Klinikum«, antwortete er ausweichend.

»Das ist Beamtenbeleidigung!«, grummelte Joost, der ebenfalls in eine Decke gewickelt war. Inzwischen waren neben dem Notarzt auch zwei Krankenwagen eingetroffen. Das blinkende Blaulicht zerschnitt die Dunkelheit.

»Das ist es nicht«, widersprach Martin Flerker. »Du hast wirklich nicht mehr alle Latten am Zaun. Wie kann man nur so dämlich sein und bei diesem Wetter in die Ems springen, ohne zumindest Schuhe und Jacke auszuziehen? Beim nächsten Mal lasse ich dich ertrinken. Du bist wirklich ein Vollpfosten! Wenn du willst, kannst du mich jetzt auch verklagen.« Er sah seinen Kollegen entrüstet an, die Hände in die Seiten gestemmt.

»Ich wusste gar nicht, dass dir so viel an mir liegt.« Joost versuchte sich mit bebenden Lippen an einem Grinsen, das ihm sogar ganz gut gelang.

»Das tut es nicht. Ich wollte mir nur die versprochene Kneipentour nicht entgehen lassen!« Der angstvolle Blick, mit dem Martin ihn dabei ansah, strafte seine Worte allerdings Lügen.

»Ohne die Retter von dem Motorboot wären die Frauen ertrunken. Sie schulden nicht nur Ihrem Freund eine Kneipentour. Die Jungs haben sich eine Belohnung redlich verdient.« Der Ersthelfer deutete auf zwei Männer, die in der Nähe standen und ebenfalls in Decken gewickelt waren. In den Händen hielten sie Becher, aus denen sie in kleinen

Schlucken tranken. Eine Gestalt, die Joost nur schattenhaft erkennen konnte, stand an der Reling des Bootes und sah zu ihnen hinüber.

»Das wird eine teure Nacht!«, vermutete der Kommissar. Dann wandte er sich an Ricarda. »Warum kannst du mich nicht einfach meine Arbeit machen lassen?«

»Du wärst nicht rechtzeitig gekommen.«

»Kannst du mir wenigstens versprechen, beim nächsten Mal etwas vorsichtiger zu sein?«

Ricarda schüttelte den Kopf. »Das kann ich nicht.«

»Du bist so ein Sturkopf und …«

»Ihr könnt im Krankenhaus weiter streiten. So etwas habe ich noch nie erlebt.« Der Sanitäter schüttelte ungläubig den Kopf.

Operation Hoffnung

Oldenburg, März

»Wie geht es dir?«

Ricarda sah am nächsten Nachmittag zunächst Henrike und dann Wiebke an, die in dem Krankenzimmer neben ihrem Bett saßen.

»Anscheinend habe ich nur eine Unterkühlung«, antwortete sie. »Die Ärzte wollen mich aber heute noch zur Beobachtung hierbehalten. Morgen darf ich wieder nach Hause.«

»Was ist mit Joost?«, fragte Wiebke besorgt.

»Er bringt mich schon wieder auf die Palme.«

Henrike lachte. »Darf ich dich daran erinnern, dass du ihm schon bei eurer ersten Begegnung am liebsten an die Gurgel gegangen wärst?«

»Nicht nur damals. He, das war nur ein Scherz!« Ricarda hob in einer abwehrenden Haltung die Hände, als die Freundinnen sie überrascht ansahen. »Ich habe ihm sogar verziehen, dass er heimlich ein Programm auf meinem Handy installiert hatte, mit dem er mich jederzeit orten konnte.«

»Hast du es gelöscht?«, wollte Henrike wissen.

»Nein.« Sie schüttelte den Kopf. »Schließlich hat er mir damit das Leben gerettet. Außerdem hat er mir versprochen, es nur im Notfall zu nutzen. Ich vertraue ihm.«

»Ich bin so froh, dass dir nichts passiert ist. Wie geht es Emily?«, wollte Henrike wissen.

»Zwei Brüder, die mit ihren Freunden auf einem Motorboot unterwegs waren, haben sie im letzten Moment aus dem Wasser gefischt. Es geht ihr den Umständen entsprechend gut. Apropos Emily: Welche Spendensumme haben wir eigentlich inzwischen erreicht? Ich habe hier kein

Internet und mein Smartphone ist im Fluss kaputt gegangen.«

»Vor einer Stunde haben wir die Millionenmarke geknackt«, freute sich Wiebke. »Nach deiner polizeilichen Aussage gegen Celine Dorner haben sich die Berichte über die Rettung wie ein Lauffeuer im Internet verbreitet. In den sozialen Medien ziehen die Menschen teilweise drastisch über die junge Schauspielerin her. Die Agentur hat den Vertrag mit ihr bereits aufgelöst. Ich gehe auch nicht davon aus, dass sie länger in der Serie Rosenliebe mitspielen wird. Ihre Karriere ist vorbei. Celine kann sich nirgendwo mehr sehen lassen.«

»Das denke ich auch«, bestätigte Wiebke. »Joosts Kollegen haben sie in einem Hamburger Hotel befragt und sie hat zugegeben, sich in Oldenburg mit Emily getroffen zu haben. Ihrer Aussage nach wollten sie einen Ausflug zur Nordseeküste machen. Bei einer Rast in Weener seist du plötzlich aufgetaucht und hättest sie bedroht. Daraufhin ist sie geflohen. Von dem Unfall will sie nichts wissen.«

»Das war kein Unfall! Das war ein Mordversuch!«, ereiferte sich Ricarda. »Sie hat uns gefesselt und den Wagen in den Fluss geschoben. Nun muss ich auf meinen geliebten *Frosch* verzichten.«

»Auch wenn eure Aussagen für eine Verurteilung in diesem Fall reichen, bleibt die grauenvolle Verstümmelung Emilys wahrscheinlich für immer ungesühnt.«

»Wiebke, Celine hat die Tat uns gegenüber doch gestanden.« Ricarda setzte sich im Bett auf.

»Das mag sein. Ihr werdet es aber nicht beweisen können«, stellte Wiebke fest und hob die Schultern.

»Das kann doch nicht sein!«, ereiferte sich Henrike. »Das ist nicht fair!«

»Das Leben ist nun einmal unfair! Wir sollten uns lieber darüber freuen, dass ihr noch lebt.« Wiebke nickte Ricarda zu.

»Das ist richtig«, bestätigte diese. »Dennoch kann ich mich damit nur schwer abfinden.«

»Jetzt müssen wir aber erst einmal auf deine Rettung anstoßen.«

»Wiebke, das hier ist ein Krankenhaus«, erinnerte sie Ricarda.

»Na und? Wir geben dir nur etwas Medizin. Ich bin sicher, dass ein Prosecco bei deiner Genesung Wunder wirken wird.«

Mit diesen Worten griff sie in ihre selbst genähte Tasche, holte drei Pappbecher und eine Flasche hervor und reichte diese herum. Kurz darauf stießen die Freundinnen miteinander an.

Oldenburg, April

»In wenigen Wochen wird das Verfahren gegen Celine Dorner eröffnet.«

Joost ging zum Kühlschrank in seiner Wohnung, nahm zwei Flaschen Bier heraus und öffnete sie. Eine davon reichte er Ricarda, die am Küchentisch saß.

»Werden die Beweise zu einer Verurteilung in beiden Fällen ausreichen?«, fragte sie.

»Das hoffe ich sehr. Die Kollegen haben mikroskopische Lackspuren auf Emilys Gürtelschnalle nachgewiesen, die sie bei dem Unfall getragen hat. Diese konnten zweifelsfrei dem Wagen von Celines Vater zugeordnet werden. Ihre Eltern sind vollkommen erschüttert. Sie waren zum Unfallzeitpunkt auf einem Wochenendtrip in Rom, was die Mitglieder der Reisegruppe bestätigen. Was deinen

Rettungsversuch angeht …« Er ergriff Ricardas Hand. »Ich hatte eine Heidenangst, dich zu verlieren.«

»Das tut mir leid. Aber ich bin nun einmal …«

»… so, wie ich bin. Wolltest du das sagen?«

Ricarda nickte. »Ich kann nicht aus meiner Haut.«

»Das habe sogar ich inzwischen kapiert.« Der Kommissar nahm einen großen Schluck aus der Bierflasche. »Beim nächsten Mal werde ich dich deshalb vorher in Schutzhaft nehmen.«

»Das kannst du nicht machen!«

»Du kannst ja die Polizei rufen.« Er grinste.

»Das werden wir noch sehen!« Sie drohte ihm spielerisch mit der Faust. Dann wechselte sie das Thema. »Wie war eigentlich deine Kneipentour am letzten Samstag?«

»Wir haben es ordentlich krachen lassen. Die Nacht hat mich einiges gekostet.«

»Bin ich es denn nicht wert?« Ricarda zwinkerte ihm zu.

»Für dich würde ich sogar mein letztes Hemd geben.«

Seine Freundin lachte. »Auf das Versprechen sind schon viele Frauen reingefallen. Das Hemd haben sie später nur bekommen, um es zu waschen. Männer sind doch alle gleich.«

»Das stimmt nicht«, verteidigte sich Joost.

»Warum lachst du dann?«

»Das wirst du mir sicherlich nicht glauben.«

»Versuche es doch zumindest«, ermutigte sie ihn und drückte seine Hand fester.

»Weil du mich glücklich machst, Ricarda. Mit und ohne Hemd.«

Ostfriesland, November

»Du bist ein Naturtalent! Hoffentlich werden wir bald wieder zusammen vor der Kamera stehen.« Henrike Sattler hob ihr Glas und prostete Emily zu.

An diesem Novemberabend waren neben den Schauspielern auch Pressevertreter und einige Gäste in den Leuchtturm an der Nordseeküste gekommen, der in dem Film Scherbenpfad eine wichtige Rolle spielte. Gemeinsam feierten sie den erfolgreichen Kinostart, der bisher alle Erwartungen übertroffen hatte.

»Hast du die heutigen Kritiken gelesen?«, wollte Ricarda wissen. Emily schüttelte den Kopf. »In den Artikeln ist von einem neuen Star die Rede. Darum solltest du …«

»… nicht so viel sabbeln, sondern endlich mit uns anstoßen.« Wiebke sah Ricarda tadelnd an. Wenige Augenblicke später ließen die Freundinnen ihre Gläser klirren.

»Ich weiß nicht, was ich sagen soll. An manchen Tagen fühle ich mich noch immer wie in einem Traum. Ohne eure Hilfe wäre ich jetzt …« Emily verstummte und sah in die Runde.

»Es ist schön, dass so viele Menschen dem Spendenaufruf gefolgt sind.«

»Henrike, auf dem Konto waren fast anderthalb Millionen Euro. Das ist doch Wahnsinn!«, meinte Emily kopfschüttelnd.

»Das ist kein Wahnsinn, sondern Menschlichkeit. Die Gesellschaft ist anscheinend doch nicht so abgestumpft, wie viele meinen«, erklärte Wiebke. »Am meisten freut mich aber, dass du nach der Operation wieder laufen kannst. Du hinkst nur noch etwas.«

»Nach Meinung der Therapeuten werde ich mich in wenigen Wochen wieder ganz normal bewegen. Die

Prothese fühlt sich inzwischen auch nicht mehr ungewohnt an. Ich kann das Bein wieder spüren und sogar mit meinen künstlichen Zehen wackeln.«

Ricarda stellte ihr Glas ab. »Das sind tolle Nachrichten. Was wirst du mit dem Geld machen, das du für deine Behandlung nicht benötigt hast?«

Emily lächelte. »Damit möchte ich eine Stiftung für körperbehinderte Menschen gründen und ihnen wieder eine Teilnahme am Leben ermöglichen. Nicht jeder hat das Glück, drei so tolle Menschen wie euch zu treffen.«

»Darauf sollten wir anstoßen.« Wiebke füllte die Gläser mit der Flasche nach, die in einem Eiskübel neben dem Tisch stand.

»Wie geht es eigentlich deiner Mutter?«, wollte Ricarda wissen.

»Ich habe sie in der letzten Woche im Gefängnis besucht«, erzählte Emily und trank einen Schluck. »Zum Glück wurde sie nur zu einer vierjährigen Haftstrafe verurteilt. Nach ihrer Entlassung werden wir erst einmal eine Kreuzfahrt machen. Das war immer ihr großer Traum.«

»Von deinen zukünftigen Gagen könnt ihr euch sicherlich bald luxuriöse Urlaube leisten.« Henrike zwinkerte Emily zu. »Hat jemand von euch den Prozess gegen Celine Dorner verfolgt?«

»Meines Wissens läuft das Verfahren noch«, erinnerte sich Ricarda.

»Für einen Menschen wie sie ist die eigentliche Strafe aber die Bedeutungslosigkeit. Celine musste immer im Rampenlicht stehen. Für ihren Erfolg wäre sie auch über Leichen gegangen.« Wiebke seufzte.

»Der Verrat unserer Freundschaft schmerzt mehr als die Verletzungen«, gab Emily mit leiser Stimme zu. »Für mich war Celine wie eine Schwester, bis sie …« In der Erinnerung an die schlimmste Nacht ihres Lebens sah sie Ricarda an.

»Ich kann deine Enttäuschung gut verstehen, zumal du Celine gegenüber immer ehrlich gewesen bist und sie niemals verraten hast.« Die Fotografin ergriff Emilys Hand und drückte sie.

»Wenn du nicht gekommen wärst, wäre ich jetzt ... *tot*. Ich kann dir nicht sagen, wie dankbar ich dir bin.«

»Wenn du weiterhin so einen sentimentalen Blödsinn redest, fange ich gleich an zu heulen. Jetzt wollen wir feiern!« Die Freundinnen hoben ihre Gläser und stießen an. Nicht zum letzten Mal in dieser Nacht ...

Lernen Sie die Ostfrieslandkrimi-Serie »Mona Sander und Enno Moll ermitteln« von Sina Jorritsma kennen:

Friesische Inselidylle? Von wegen! Auf der ostfriesischen Insel Borkum lösen Kommissarin Mona Sander und ihr Kollege Enno Moll knifflige Mordfälle. Die emotionale Kommissarin geht bei der Verbrecherjagd gerne ihren eigenen Weg und scheut dabei kein Risiko ... Bei der Krimireihe der Autorin Sina Jorritsma ist Hochspannung garantiert!

»Friesenbraut«, Band 1
Taschenbuch ISBN: 978-3-95573-557-9
eBook ISBN: 978-3-95573-556-2
Auf der ostfriesischen Insel Borkum verschwindet eine Braut kurz vor der Eheschließung. Zunächst glauben die Kommissare Mona Sander und Enno Moll noch an einen dummen Streich. Aber wenig später wird das blutverschmierte Brautkleid gefunden. Ist die dunkelhaarige Schönheit einem Gewaltverbrechen zum Opfer gefallen? Die Inselkommissare finden Indizien, die aber nicht zusammenpassen. Hat der undurchsichtige Exfreund der Braut seine Hände im Spiel? Wer war an den geheimen Sex-Spielen im Ferienhaus beteiligt? Und welches Interesse verfolgt der machtbesessene zukünftige Schwiegervater? Dann findet die Polizei eine Leiche – und muss feststellen, dass die Dinge ganz anders sind, als sie auf den ersten Blick scheinen. Die Mörderjagd versetzt nicht nur die friedliche Nordseeinsel in Aufruhr, sondern wird auch zur persönlichen Herausforderung für Mona Sander. Sie wird selbst zur Zielscheibe des Mörders ...